Historia de Otros Mundos

Copyright © 2020 by Federico Padovan

Printed in USA

Un especial agradecimiento a mis hijos
Fredy y Paola que sin duda alguna he
molestado repetidamente
durante los dos años que demoré en escribir
esta novela.

Fredy me ayudó en los problemas técnicos
que he tenido con mi iMac
y Paola es la artífice que esta novela cobre
vida en forma de "libro".

También quiero dar las gracias a Pilar
Domingo por editar mi novela y lo hizo
desde Montevideo, Uruguay, país donde
aprendí Español. Mi idioma natal es Italiano.

Federico Padovan, el autor de estas páginas, no es un escritor aclamado por el New York Times ni es considerado un fenómeno internacional de la literatura.

Solamente tiene a su haber un libro publicado en iBooks que se titula: 'El Tiempo Sin Querer Paso' que es la historia de su vida. Lo pueden leer gratuitamente escribiendo en iBooks-Federico Padovan sr

Desde la muerte de su padre, Riccardo, ocurrida en el 1986 donde experimento algunos acontecimientos que no tuvieron explicación lógica, entonces empezó a cocinar en su mente la posibilidad que en el Universo hay Seres Supremos que moldean nuestra existencia antes, durante y después de la vida.

La palabra Seres Supremos es una inventiva del autor para dar la posibilidad al lector de identificarse con el Dios de su creencia.

La idea nació en su mente para dejar a sus hijos, Paola y Fredy la constancia de donde ira su padre después que termine de pasear por este mundo.

Esta novela los llevara a un mundo nunca escrito en libros y seguramente nunca pensado por la mente de los humanos…en pocas palabras, algo totalmente inédito.

El autor expresa que desde que empezó a escribirla ha perdido el miedo de morir. Esta primera novela cuenta desde el día de su muerte hasta su partida hacia su destinación final. En este libro la imaginación de Federico los llevara al mundo del más allá. Un mundo donde los colores son más intensos que en la Tierra. Repleto de estrellas encapsuladas en miles de Universos. El autor tiene actualmente 83 años vividas de la siguiente forma: 12 en Italia, 18 en Uruguay y 53 en USA.

Con mis hijos, Fredy y Paola, hemos estado siempre juntos....hemos
hablado las palabras de nuestras vidas.....y hemos convertido que nuestras
firmas queden grabadas en nuestras Historias de vida y "mas".....usando
esta novela.

Artista: Hanzel Lepe

CUANDO MORÍ, DEJANDO A MIS HIJOS Y MI MUNDO

(Lecciones que aprendí después de morir)

"La fantasía nos estimula y somos los humanos los únicos que tenemos imaginación, por lo tanto, podemos crear lo que jamás existió"

CAPÍTULO 1

Era el año 2031 y yo tenía 95 años. Estaba sentado en el banco que llevaba mi nombre, frente al Océano Atlántico, en el Bill Baggs Cape Florida State Park, ubicado en Key Biscayne, Florida, cuando mi perra, Coco III, se tiró en el suelo, puso su enorme cabeza entre las patas y, concentradísima, comenzó a mirar hacia el borde del mar a unos cincuenta metros de nosotros. Emitía un sonido que nunca le había escuchado, parecía asustada o tal vez trataba de avisarme de algo. Coco era una bóxer que tenía solamente cinco años. Mi perrita Coco II ya no existía desde hacía algunos años, pero fue con ella que inauguramos este banco en el 2014. En él me había sentado miles de veces, casi todos los días.

Era una tarde muy linda, con un cielo limpio y una brisa extraña, casi de otro mundo. En ese lugar deseaba morir cuando mis creadores así lo quisieran. Ya no montaba, desde hacía muchos años, las bicicletas típicas de dos ruedas. Me había caído tres años atrás y, por razones de seguridad, me había comprado un triciclo con un motor eléctrico, con el cual lograba mejor equilibrio.

Un gran problema que amenazaba todas las costas del planeta era que, al derretirse el hielo de los polos, los océanos se levantaban cada vez más. Mi islita no podría ser habitada, de acuerdo a las predicciones, desde el año 2100. Para después de esa fecha, los hombres de ciencia anticipaban grandes movimientos migratorios.

Con todo lo que se venía, pensar en la muerte no era tan trágico… personalmente no era el mismo hombre fuerte y dinámico de una década atrás. Presentía que mi fin se acercaba. Además, no quería depender físicamente de la ayuda de nadie. Me senté tranquilamente en mi banco, donde ya había realizado innumerables ensayos de cómo morir por las picaduras de las hormigas rojas a las cuales yo era sumamente alérgico.

A ese lugar del parque, frente al mar, en los últimos años ya no venían los pescadores sino muchas personas que habían adoptado el pasatiempo de hacer volar los drones. Mi hijo me había regalado uno pequeño, algo que era muy simple de manejar. El ruido de las pequeñas hélices era captado por mi oído como si millones de abejas estuviesen volando a mi alrededor.

Coco III, aunque estuviera acostumbrada al ruido de los drones, sentía que había un ambiente diferente al de los demás días. Había cinco volando juntos y ella estaba muy concentrada en algo que yo no podía ver. Era un sábado casi al atardecer y había muchas personas, demasiadas para esa hora. De repente, la persona que controlaba el dron que había captado mi atención por lo grande que era, se dio la vuelta, me clavó la mirada y dirigió hacia mí su robot volador. Coco III se levantó asustada y se escondió detrás de mi triciclo. Al llegar a pocos metros de mí, el parlante ubicado en el centro del ese dron me dijo: "Tu tiempo está por terminar".

A partir de ese momento algo sucedió, porque lo que me dijo parecía la cosa más natural del mundo. Cuando el dron volvió a juntarse con los otros, subí a mi triciclo y empecé el regreso a casa. Lo único que había quedado en mi mente era que pronto tendría que enfrentarme a las hormigas a las cuales había tenido terror por varias décadas.

Esa noche le dije a mi hijo que ya mi cuerpo no daba para más. Se lo comenté porque hacía varios años habíamos acordado que, si yo tenía la oportunidad de morir en mi banco, él me iba acompañar y presenciaría mis últimos momentos terrenales.

De todo esto no comenté nada a mi hija, pero en muchas conversaciones con ella yo dejaba entrever que mi partida se acercaba. Es realmente increíble ver cómo el cuerpo está programado para vivir una cierta cantidad de años y, con la llegada de la vejez, se desgasta a pasos agigantados, aunque hagas todo lo correcto en cuanto a alimentación y ejercicio.

Hacia 15 años que los dolores habían empezado en la parte interna de mis rodillas para pasar paulatinamente a las piernas y los pies. Fredy, mi hijo, me había comprado una cantidad de rodilleras, pero estás solo empeoraban mi condición, causándome dermatitis.

Los dolores crónicos que pueden durar décadas, al final logran vencernos en la batalla. El cuerpo te va diciendo lo cerca que estás del fin y eso te prepara la mente para resignarte a que ese fin venga. Era consciente de que ya no le era de utilidad a las personas a quienes siempre les había brindado mi ayuda. Mi única duda era quién iba a cuidar a Coco III. Por más que mis hijos habían prometido cuidarla, yo sabía que no tenían tiempo.

Me había resignado a la idea de que todos morimos, pero por sobre todas las cosas porque me había convertido en una carga para mis hijos. Pensaba en la suerte que tenía al poder elegir el día, la hora y el lugar donde me iría para siempre y, por supuesto, saber cuándo darles el último adiós a mis amigos. Si hubiese recordado lo que me dijo el dron, todo hubiese sido más fácil, pero de ese encuentro nada había quedado grabado en mi mente.

Así que, mientras mi hijo y yo nos encaminamos hacia mi "patíbulo", trataba de alegrar el ambiente haciendo chistes. Más que nada para que él no tuviese ideas equivocadas sobre mi decisión. El dicho "mente sana en cuerpo sano" ya no funcionaba para mí y había llegado al punto en que yo era una "mente semisana en un cuerpo enfermo".

Cuando llegó el momento, simplemente nos sentamos en el banco, acaricié con mi mano derecha la placa con mi nombre y con un destornillador la saqué. Coloqué la otra, que en lugar de decir "Sigue vivo y disfrutando el parque" decía simplemente mi nombre. Mi hijo seguramente no podía creer lo que veía; que su padre, perfectamente lúcido, estaba en sus minutos finales de vida. Pero él se había acostumbrado, a lo largo de sus 47 años, a mis excentricidades.

En los principios de los años 90 descubrí que era alérgico a las picaduras de las hormigas rojas y, desde entonces, tenía que llevar conmigo una inyección de epinefrina para usar como antídoto, en el caso de ser picado por ellas. En el momento en que decidiera morir, lo que no haría sería inyectarme el antídoto. El veneno de hormigas rojas funciona conmigo como un interruptor de luz con atenuador de intensidad: una vez que entra en el sistema, poco a poco se apaga todo lo que ves. Ese mar verde que veía unos minutos antes frente a mí, se iba transformado lentamente en negro, y mi último gesto fue poner mi dedo en la frente de mi Fredy y decirle lo que E. T. le dijo a su amiguito Elliot cuando le tocó volver a su planeta: "Be Good".

De repente, me di cuenta de que la energía de mi cuerpo se trasladaba fuera de él, parecía como si tratara de huir del mismo y percibía las sensaciones de otra forma. Era un intenso dolor mezclado con alivio, porque mientras la energía iba encontrando su camino fuera de mi cuerpo, mis dolores corporales iban desapareciendo.

Superado ese primer momento, mi esencia era la misma. Era como si nada hubiese pasado, experimentaba una sensación eufórica y, por supuesto, ya no padecía la gravedad de la Tierra porque me sentía flotando en el aire.

Instintivamente, decidí llevar mi caja de energía hacia el borde del océano y, en ese instante, tuve la sensación de estar en otra dimensión porque atravesé una de las siete palmeras que estaban frente a mi banco y pude ver que dentro de ellas había billones de seres microscópicos, con ojos y orejas, que me sonreían pícaramente como si estuvieran dándome una bienvenida. A estos seres los había visto aumentados por el lente de un microscopio en el internet hacía ya muchos años. Uno de ellos comenzó a hacerse más grande que el resto, seguramente para llamar mi atención, y entonces, de una forma que yo definiría como comunicación telepática, comenzó a explicarme lo que sería mi primer conocimiento del mundo *post mortem*:

—"Nosotras somos bellísimas criaturas, creadas por los Seres Supremos, somos quienes controlamos la existencia de los humanos, de los que no llegaron a nacer, de los que murieron en el vientre de la madre. Cada una de nosotras es transformada en billones de microbios y virus y nuestro hábitat son los troncos de los árboles. Tenemos un carácter alegre, muy infantil, porque en realidad somos niñas. Podemos hacernos resistentes a todo tipo de antibióticos o vacunas que el humano invente y, por lo tanto, tenemos la libertad de eliminar al que los Seres Supremos nos ordenen. Si *ellos* nos ordenan llevar una tropa de súper virus o de bacterias dañinas podemos eliminar a países enteros y mataríamos a millones de personas sin que estas pudieran hacer nada. Si contamináramos los alimentos, en 48 horas se desatarían grandes catástrofes. Las poblaciones entrarían en un estado de pánico total. ¿Te imaginas lo que es estar casi muerto por el hambre, tener la comida en frente, pero no poder tocarla porque te produciría una muerte horrible por estar contaminada?"

"Los Seres Supremos, sin embargo, tienen otros planes. Su arma principal contra los seres humanos será aumentar el crecimiento demográfico. De esa forma no habrá ni comida ni agua para tanta cantidad de seres vivientes. Y, en los próximos decenios, las naciones irán a la guerra para defender o conquistar la comida y el agua potable. En África, hoy en día, hay 1.2 billones de personas, pero para el 2050 serán 2.5 billones — el 25% de la población mundial— y ambos números crearán emigraciones épicas."

"Hace bastantes años, los Seres Supremos implantaban chips a insectos y de esa forma espiaban a su antojo a todo ser viviente; pero ahora también nosotras tenemos chips y, al meternos en los cerebros de todos los seres vivientes, podemos saber lo que piensan. El ciclo de vigilancia total, el cual era solo una aspiración tiempo atrás, se ha logrado. ¡No hay ser viviente que no tenga su información personal en un centro operacional que está ubicado muy debajo de la superficie de la Tierra, custodiado por una civilización que pronto conocerás!"

"Los Seres Supremos sabían que, además de tu amplia sabiduría en cientos de temas de la vida real, planeabas grandes cosas para el mañana, aun consciente de tener cero conocimientos del futuro… O sea, *ellos* sabían que siempre has tenido gran confianza en ti mismo. Has visto, en tu niñez, al mundo sufriendo porque presenciaste todos los horrores de la Segunda Guerra Mundial; pero igual te casaste y tuviste hijos, pensando en darles ese gran amor que llevabas en tu corazón y un gran futuro."

"Cuando llegaste a los ochenta años, usabas una camiseta que decía 'No tengo 80 años, soy dulce como uno de 16 y con la experiencia de 64'; también pensabas que los amigos son las joyas de la vida."

"Alguien, enviado por los Seres Supremos, disfrazado de pordiosero, en una calle de Miami, preguntó cómo llegar al aeropuerto a varios transeúntes. Tú fuiste el único, de más de cien personas a las que le había preguntado, que te tomaste el tiempo de contestarle, demostrando amor por el prójimo."

"Siempre trataste de darle a los jóvenes un mensaje positivo y de esperanza para el futuro, iluminando en sus mentes lo que hay detrás de la colina de sus vidas; o sea, un universo que ellos ni se imaginan."

"No fuiste el producto de lo te que ocurrió en los primeros años de vida durante la Segunda Guerra Mundial, sino que elegiste tu futuro sin ser influenciado por esos acontecimientos."

"Desde el comienzo de la vida terrestre, los más castigados entre los seres humanos siempre han sido los jóvenes, que han sufrido por el frío, el hambre y los maltratos. Eso fue superado por la sociedad occidental solamente en los últimos decenios, pero los Seres Supremos les dieron a los jóvenes la tecnología, creando en sus mentes una confusión sin límites, impidiéndoles crecer etapa por etapa, y este crecimiento desordenado hizo que el futuro de estas generaciones sea realmente 'sin futuro'."

"Para empeorar a estas generaciones de jóvenes, los Seres Supremos los castigaron aún más al darles comidas dañinas que, por unas pocas monedas, sacan de máquinas puestas en lugares estratégicos, donde es imposible no verlas. Estos jóvenes crecen con la idea de que la vida humana no vale nada y desde que tienen uso de razón solo sienten hablar de que el aborto es la solución a la natalidad no deseada."

"Los Seres Supremos seleccionan cuidadosamente a los que, como tú, podrán pasar a una segunda etapa aquí en la Tierra y no son eliminados al morir. Te explico: los Seres Supremos hace miles de años querían que los seres humanos fuesen salvados al morir… pero el hombre, siendo libre mentalmente, se opuso al plan de salvación de los Seres Supremos. Como consecuencia, solo unos pocos humanos serían seleccionados en cada generación para permitirles vivir eternamente con los Seres Supremos. O sea, ¡cada uno se convirtió en el hijo de sus propias acciones! Nada es casualidad, todo está escrito y solo los predestinados tendrán vida eterna."

"En este momento te preguntarás: '¿Qué hice yo para merecer la vida eterna?'. Tú has sido elegido y por esa razón tienes que usar todas tus fuerzas, inteligencia y coraje para pertenecer al mundo de los Seres Supremos que dominan el universo. Contrariamente a lo que quieren hacer creer muchas religiones, los predestinados a morir serán eliminados como si nunca hubiesen existido."

"Yo soy una bacteria, algunas de nosotras vivimos en la flora intestinal de muchas especies del reino animal y luchamos para eliminar a las bacterias malas que tratan de ocupar nuestro lugar. Nunca nacimos, pero como bacterias, mantenemos con vida a la humanidad entera."

"Te vimos, por años, sentado en tu banco cerca de este árbol y no te molestamos porque sabíamos que no le tenías miedo a la muerte y que te interesaba vivir para no dejar de ayudar a los que amabas."

"Lamentablemente, llegó tu momento, pero no fuimos las responsables de tu muerte, los responsables son los cincuenta años que jugaste tenis y otros deportes que fueron deteriorando tu cuerpo."

Con estas palabras, como si algo urgente la llamara de vuelta a su árbol, esta simpática y hermosa bacteria me guiñó el ojo, volvió a achicarse y desapareció entre los otros seres microscópicos.

Me sentía curioso por lo que sucedía en mi banco. Allí estaba mi cuerpo con mi hijo tratando de reanimarlo, al mismo tiempo que se comunicaba con su hermana Paola. En el 2031 no existían los famosos celulares, sino unos "chips" que se implantaban detrás de las orejas y que recibían órdenes directamente del cerebro. Se podía hablar con el mundo sin apretar un solo botón.

En el momento en que la energía salió de mi cuerpo, había comenzado a percibir los colores en una forma mucho más vívida que la que captaban las retinas de mis ojos. Todo era silencio, no se escuchaba absolutamente nada. Mi fuente de energía era "sorda", pero pensé que se debía a que estaba en otra dimensión.

Repentinamente se levantó en el mar una ola muy alta que parecía una pared, estática. En ella había miles y miles de medusas que desprendían colores que yo jamás había visto cuando vivía y daba la sensación de que estaban bailando. En ese momento volvió el sonido, pero no era el sonido al que yo estaba acostumbrado de vivo. Con un fuerte relámpago por encima de esa ola se encendió una pantalla enorme, infinita. En ella se veían todos los momentos de mi vida, especialmente los nacimientos de mis hijos y las tantas aventuras vividas con mis padres.

Mi impulso fue decirle a mi hijo Fredy que se dejara picar por las hormigas y que viniera conmigo, pero, aunque lo tenía casi a mi lado me daba cuenta de que no podía escucharme y menos verme. Poco a poco, mi energía se fue aclimatando a ese nuevo estilo de vida. Ya estaba en alguna otra dimensión de la cual jamás había leído en libros. Sin más dolores físicos y con la capacidad de verlo todo más lindo, exageradamente lindo.

Siempre había imaginado lo que me habían enseñado de niño los curas y las monjas en mi natal Bérgamo, en el norte de Italia. Ellos pensaban que una vez muerto, mis familiares fallecidos me darían la bienvenida y que los ángeles tocarían baladas alegres con sus trompetas…

Pero no, simplemente, de esa gran ola salió un hombre joven con una túnica blanca y dijo:

—Todavía no puedes irte de la Tierra, ahora experimentarás lo que se llama la segunda vida. Tú nunca has tenido indecisiones y siempre te las arreglaste para construir tu propio sendero. Ahora necesitas emplear tus conocimientos y resolver algunas diligencias, antes de que los Seres Supremos te den permiso para unirte a ellos. Para eso tendrás que serle útil a la otra civilización con la que los humanos comparten la Tierra. Ellos ya vienen por ti —dio media vuelta y desapareció entre el agua y las medusas.

Un instante después, un hombre y una mujer caminando por la arena que bordeaba el faro vinieron hacia mí. Ambos tenían ojos muy grandes, eran delgados y elegantes. La mujer dijo:

—Antes de llevarte con nosotros, tienes que ponerme un nombre, es la tradición.

—¡Gelsomina! —respondí sin pensarlo mucho.

El hombre, entonces, me preguntó:

—¿Cómo me vas a llamar?

—Tú serás Zampanò —respondí.

—Nosotros pertenecemos a una raza cuyo nombre es Roxlendi —dijo entonces Zampanò.

—¿Por qué nos das esos nombres? —preguntó Gelsomina.

—Esos nombres siempre me han gustado y eran de los protagonistas de una película en blanco y negro, llamada *La Strada* (1954), dirigida por el famoso Federico Fellini —respondí—. Ganadora de un Oscar, fue protagonizada por Anthony Quinn y Giulietta Masina, esposa en la vida real de Fellini. En la película, Gelsomina es una joven mujer con una mente simple y a la vez ingenua, vendida por su madre a Zampanò, un hombre de modales rudos, para que lo secundara en un circo callejero. Esa película se transformó en una de las que más influyó a todo el cine.

"Con esa explicación quiero que entiendan por qué elegí Gelsomina y Zampanò, a la vez que rindo honores a Fellini."

—Entendido —dijeron al unísono—. Vayamos al banco, el que lleva tu nombre. Te explicaremos otro misterio después de la muerte.

—¡¿Muerte?! —exclamé— Perdonen, pero esto no es muerte. Esto es lo más excitante que jamás experimenté.

Zampanò siguió hablando.

—Nuestros creadores, los Seres Supremos, pusieron en el planeta Tierra a nuestra especie, sin darnos nombre. Millones de años más tarde, quisieron darnos otra raza similar —pero no igual— para compartir la Tierra, a los que llamaron humanos. Trajeron a dos para comenzar la nueva especie; ustedes los conocen como Adán y Eva. Estos desobedecieron las órdenes de los Seres Supremos, haciendo que de ahí en adelante los humanos fueran castigados con todo tipo de enfermedades y con unos cerebros que ellos manejarían a su antojo, pero dándoles una gran inteligencia que evolucionaría con los siglos tanto para el bien como para el mal de la raza humana.

"En su experimento, los Seres Supremos implantaron cerebros más desarrollados en algunas personas y estos son los que ustedes definen como genios, les pusieron un cerebro equivalente a lo que tu generación llama computadora. Está todo programado de tal forma que, desde que se forman dentro de sus madres, su principio y su fin ya está preestablecido. Gracias a ellos, la humanidad ha llegado donde ha llegado hoy día. El ser humano común tiene una falla en su cerebro porque nunca ha logrado desligarse de su instinto animal que lo hace agresivo, deshonesto, egoísta, envidioso, narcisista, ladrón y asesino."

"Los primeros hombres en la Tierra tuvieron que desarrollar técnicas para pasar de ser alimento de animales más fuertes, a ser cazadores. Usando la inteligencia, el hombre que vivió en la prehistoria inventó las armas y los instrumentos necesarios para dominar su entorno."

"La sociedad de los humanos abandona a los que ya no le son útiles, que son los enfermos terminales y los ancianos. Y estos, a su vez, tienen que prepararse para la muerte, terminando casi todos en casas para ancianos o en hospicios, en la más completa soledad."

"Lo mismo sucede en relación a los animales que fueron maltratados por los seres humanos. Así, el castigo para los que los abandonan será la soledad; los que los castigan recibirán violencia y los que los encierran en cautividad, nunca serán libres. Para entender estas consecuencias de sus comportamientos, los Seres Supremos les regalaron la palabra *karma*."

Gelsomina tomó la palabra y dijo:

—Como ves, la muerte no tiene nada que ver con lo que te han enseñado toda tu vida. Al morir, pocos logran llegar a esta dimensión. La mayoría de los humanos desaparece del universo al morir para siempre, pero los elegidos como tú seguirán en esta etapa intermedia y, de pasar las pruebas, irás con los Seres Supremos.

"¿Recuerdas a tus perros? Ellos nacieron, crecieron y te acompañaron a lo largo de sus vidas. Solo te obedecían a ti. Lo mismo harás tú. Nos vas a seguir y obedecerás nuestras órdenes. Serás nuestra mascota. De acuerdo a tu desempeño, los Seres Supremos decidirán si les puedes servir en su universo que, por cierto, está a una distancia de trillones de años luz."

—¿Y si no paso la prueba? —pregunté.

—Serás eliminado —dijo Zampanò.

—¿Perro? ¡Me van a transformar en perro! Eso es horrible… —exclamé.

—Cálmate —dijo Gelsomina—, cuando te enfrentes a nuestros coordinadores te lo explicarán todo, pero te puedo adelantar que los Seres Supremos tuvieron la gran suerte de descubrir la energía. Por eso, ellos pueden determinar quiénes nacen y quiénes mueren.

—¿Qué pasa con los ultra centenarios? —pregunté.

—Nada —dijo Gelsomina—, ellos son simplemente seres olvidados a los que aún no les han quitado la energía. Los miles de universos tienen energía y en cada uno de ellos la vida, como la llamamos en la Tierra, existe, pero de una manera diferente, no son intercambiables entre ellas y no pueden coexistir. Todo en el universo es energía y tu energía nos transportará en las misiones que nos encargarán nuestros coordinadores. Recuerda que no tenemos ni espacio ni tiempo. Nuestra dimensión es paralela a la de los humanos. Podemos verlos, pero ellos no pueden vernos a nosotros, a no ser que decidamos lo contrario.

"Para nosotros, la vida es una aventura y hay que vivirla. Mientras que para los humanos el 'vivir la vida' es algo que está lleno de problemas para resolver y pierden una enorme cantidad de tiempo útil, preocupados por sus asuntos que, en realidad, son solamente un estado mental que los Seres Supremos programaron en sus cerebros como castigo.

"Nunca hemos comprendido exactamente por qué los Seres Supremos se ensañaron tanto con ustedes. Nuestra vida es muy diferente. Nos cuidamos y nos amamos."

"Los Seres Supremos dieron a los humanos la oportunidad, el regalo, de tener hijos; pero a los que abortan sin un motivo médico, a los que lo hacen solo para librarse de las responsabilidades que un hijo requiere, los hacen vivir toda la vida con gran remordimiento."

"El experimento que hicieron con nosotros hace millones de años fue exitoso, tal vez haya sido el único totalmente positivo en todos los miles de universos. Es por eso que los Seres Supremos nos permiten que lo mejor de los muertos de cada generación de la raza humana nos den ayuda: ellos seleccionan la fuente de energía que consideran más útil para resolver los problemas que nosotros no podemos resolver. Debido a que somos eternos, nos programaron para que no podamos aumentar nuestros conocimientos."

"Todos sus adelantos fueron puestos a nuestra disposición por los Seres Supremos, pero necesitamos la ayuda de los humanos para llevarlos a nuestra civilización. Tú serás nuestros pies ya que eres más joven, nosotros conocemos el camino por ser viejos; lo nuestro será el equipo ideal."

"Te han dejado seguir después de la muerte porque, aunque ya no tengas ni tu cuerpo ni tu cerebro, tus experiencias han sido conservadas en la caja dimensional que encierra tu energía, la misma que permitía a tu corazón latir y por ende a tu cuerpo funcionar."

"Te miramos con gran simpatía porque tal vez logres llegar a los Seres Supremos, nosotros, en cambio, somos eternos y no tenemos oportunidad de dejar la Tierra. Solo cuando el planeta, en muchos millones de años, vuelva a formar parte de la materia negra, desapareceremos para siempre."

"Aunque quisiéramos, no podemos hacerte daño, los Seres Supremos te protegen porque, si pasas este gran examen, te usarán en el universo. Irás a formar parte del equipo que rige el universo. Si llegaste a nosotros es porque ven en ti mucho potencial."

"Muchos humanos creen en el espíritu, pero la mayoría vive por la carne, que da placeres a través de los innumerables vicios. Nunca entendimos si el amor en los humanos son dos almas que se encuentran o dos cuerpos que se chocan. La mayoría de los humanos quiere o debe resolver todo hoy. Pocos piensan en el futuro."

"Nuestra fuerza es el AMOR porque es una fuerza positiva que nunca muere."

"Desde este lugar donde has pasado tantos años de tu vida, iremos a nuestra primera misión juntos y esta será en un lugar en el cual nunca estuviste estando vivo. Está en Puerto Vallarta, en la región de Jalisco, México y el lugar es la Playa de las Gemelas. Después iremos a Teuchitlán, donde se encuentran los Guachimontones, que son pirámides redondas. Allí entraremos a nuestro mundo y los coordinadores, especialistas en recibir las energías de los humanos, podrán explicarte todas las dudas que tenías en vida, Pero, una vez que lo hayas entendido, harán que te olvides por completo de todo tu pasado: de dónde vienes, de las personas que conociste… y tu energía comprenderá cómo y por qué seguirá tu camino con nosotros."

Mientras los seguía, vi algo a lo cual no le di mucha importancia... mi cuerpo se levantaba, ayudado por Fredy y Paola y caminaba con ellos.

Al mismo tiempo, junto con estos seres que hacía pocos instantes había conocido, emprendí el camino hacia mi primer gran aventura, siendo yo solamente una simple "caja de energía".

Al no tener ni espacio ni tiempo, sentía que el viajar no era como cuando tenía mi cuerpo. Ahora tenía una sensación de total libertad en el nuevo universo en el cual estaba y, además, por primera vez desde mi larga existencia en la Tierra no sentía dolores. "Entonces, si esta es la muerte, es mejor morir siendo jóvenes...", apenas ese pensamiento cruzó mi mente, sentí la voz de Zampanò que me decía: "Recuerda que los que pueden experimentar lo que sientes son muy pocos y que casi todos los seres humanos son eliminados al morir. Además, los Seres Supremos quieren que los humanos vivan lo más posible para que sufran".

No alcancé a digerir aquellas palabras, cuando me encontré frente a un letrero que decía: "Bienvenidos a las cascadas de Yelapa".

CAPÍTULO 2

Efectivamente, eran unas cascadas de agua límpida y pura donde muchos turistas tomaban su ducha por turnos. Mezclados con los humanos, pude ver que había muchas personas con ojos grandes, como mis acompañantes, haciendo lo mismo. Cuando estaba a punto de preguntar a Gelsomina por qué hacían eso, ella me dijo: "Nosotros vivimos bajo la tierra y cuando estamos en la superficie, cada tanto, tenemos que enfriar nuestro cuerpo. Alguien te lo va a explicar en detalle y entenderás por qué algunos de los humanos como tú nos son muy útiles".

Cuando mis dos acompañantes tomaron su ducha y se "enfriaron", Gelsomina anunció: "Tu aventura con nosotros va empezar enseguida y, precisamente, tendrá lugar en la Playa de las Gemelas, nuestro lugar favorito". No había terminado de hablar, cuando me encontré en una playa muy linda, rodeada de hoteles y condominios.

El lugar a donde fuimos se encontraba al final de la playa, donde había rocas sumergidas en el mar, formando un arrecife. Sentadas en una roca muy grande pude ver cientos de personas con ojos grandes. En ese momento, Zampanò llamó:

—¡Aquí! ¡Aquí!

Como me mostré sorprendido al ver que las personas no se alteraban ni por sus gritos ni por su presencia, Zampanò me explicó:

—Nosotros podemos verlo todo, pero los humanos no nos pueden ver, además, aquí hay otras cajas de energías como tú y ellas están a la espera de ir a los Guachimontones… Disfruta y comunícate con el que quieras hasta que te llevemos al coordinador, que te dará la bienvenida a nuestro mundo.

En esta mi primera experiencia con un grupo de seres con forma diferente a los humanos y con otras cajas de energía como yo, opté por acercarme a las cajas de energía y ver lo que me esperaba.

Todos se comunicaban de la misma manera, en un idioma que yo no había escuchado antes, pero los entendía del mismo modo en que entendía al grupo donde estaban Gelsomina y su acompañante Zampanò, ubicados un poco más lejos. Increíblemente, los sentía comunicarse de la misma manera.

Mi conclusión fue que ese sería el idioma al cual me tendría que acostumbrar de ahí en adelante y, debido a que nadie se dirigía a mí ni trataba de comunicarse conmigo, me dediqué a escucharlos.

Todos se quejaban de que nos les gustaba estar prisioneros en esa caja de energía y que hubiesen preferido ir a vivir a Marte en lugar de morir.

¿Efectivamente los humanos habían colonizado el planeta Marte en el 2029, dos años antes de mi muerte? Debido a mi edad, hacía tiempo que ya no prestaba mucha atención a las noticias, así que asumí que la conquista de Marte había ocurrido efectivamente y que yo no me había enterado. Les pregunté por qué preferían haber ido a Marte si en la caja de energía uno no tiene dolores y ve y escucha como nunca lo hizo antes.

Una de las cajas me explicó que todos ellos habían calificado para ese viaje, pero que, a último momento, por la carga que llevaba el transbordador, tuvieron que reducir la cantidad del peso humano y varios no pudieron partir. Debido a que sus cuerpos estaban preparados para soportar las temperaturas y las condiciones en Marte que, por cierto, eran radicalmente diferentes de las de la Tierra, las bacterias que normalmente hay en la Tierra en pocos meses lograron vencer sus defensas.

—Muy interesante todo esto —respondí—, pero ¿por qué los Seres Supremos los dejaron seguir y no los han eliminado?

—Buena pregunta —dijo uno de ellos—. Tal vez necesiten en su universo los conocimientos que la preparación para ir a Marte exigía. ¿Tú sabes por qué estás aquí?

—No, no tengo mucha idea —contesté.

—Lo que todos sabíamos es que iríamos a las Pirámides

Redondas para que nos informaran y aclararan todas nuestras dudas…

Zampanò se nos acercó y nos invitó a que intercambiáramos con él porque seguramente nos sería muy útil. Por cómo nos habló, tuve la sospecha de que nosotros los veíamos como seres humanos con ojos grandes pero que su verdadera apariencia era muy diferente.

La gran roca al final de la playa era nuestro punto de reunión antes de pasar a las Pirámides Redondas y enfrentar a los coordinadores encargados de recibir a los seres humanos que continuarían la aventura en la Tierra.

Por intuición, le pregunté a Gelsomina por qué tenían que enfriar su cuerpo tan seguido.

—Es mejor que te lo digan los que te van a recibir en Guachimontones —respondió.

Me dio la impresión de que las otras cajas de energía que escucharon la conversación estaban preocupadas por la importancia dada a los coordinadores. Mientras esperábamos, empecé a analizar a los de "ojos grandes" y me convencí de que yo no estaba viendo visiones: efectivamente, ellos se veían algunas veces nítidos y otras un poco borrosos. Para estar más seguro, les pregunté a dos cajas de energía si veían lo mismo que yo y me respondieron que sí. Tuve miedo, mucho miedo, pero me acordé que Gelsomina, estando en mi banco, dijo que nunca tuviese miedo porque los Seres Supremos me estaban protegiendo. Le dije esto a las otras cajas de energía, pero llegué a la conclusión de que no sabían nada de los Seres Supremos.

Decidí no investigar más, debido a que resultaba bien claro que ese no era el lugar apropiado y, aprovechando que era invisible a los ojos de los humanos, me dirigí a donde había un grupo de *humanas* tomando sol.

Algunas de ellas eran muy lindas y estaban hablando de sus aventuras en Puerto Vallarta, de lo que habían hecho la noche anterior. De esas conversaciones pude sacar la conclusión de que lo que comentan las mujeres no es para nada diferente de lo que conversan los hombres. Todo estaba relacionado al "buen físico" y el "pene grande". Tres de ellas eran de la capital y dos eran locales. Una de las capitalinas le preguntaba a la local Lupita por qué a esa playa la llamaban "de las Gemelas". Lupita se acomodó sobre su espalda y le explicó que había una leyenda de cientos de años que contaba que a dos gemelas que paseaban por esa playa se las había tragado la arena y que allí, debajo de la arena, vivía una antigua civilización.

—Ayer fuimos a otra playa que se llama "de los Muertos", ¿qué leyenda hay sobre ese nombre? —dijo otra capitalina.

—Como vieron —contestó Ximena, la otra local—, esa playa es la más grande y frecuentada de Puerto Vallarta y también la leyenda dice que allí hubo un cementerio que más tarde fue trasladado tierra adentro. Pero otros historiadores afirman que el nombre se debe a las peleas entre piratas que, al encontrar un tesoro, se mataron entre ellos para robarlo…

—A esta playa yo no vendría sola —intervino otra vez Lupita—… y menos iría allá al fondo, donde están esas rocas, porque hay personas que juran que allí se reúne y se divierte una vieja civilización mucho más antigua que los aztecas. No los vemos, pero están. Lo dice mi abuelita y yo le creo, aunque sea muy supersticiosa… También le tiene temor a las cascadas de Yelapa, donde las personas juran ver que el agua se para y salpica antes de tocar la superficie del lago, exactamente como cuando uno toma una ducha. A ella, su bisabuelo le contó que los habitantes subterráneos, al salir a la superficie, tenían que enfriar su cuerpo continuamente.

"Extremadamente interesante", me dije e intenté ver si yo, como caja de energía, podía hacer preguntas usando mis poderes (si eventualmente los tenía) dando órdenes a unas de las muchachas. Miré a Rebecca, una capitalina, y le ordené preguntar a Lupita si toda la población del estado de Jalisco creía en estas cosas. Después de algunos segundos y luciendo visiblemente perturbada, tan perturbada que las otras muchachas le preguntaron si se sentía bien, Rebecca preguntó al grupo:

—¿La gente del estado de Jalisco es muy impresionable con estas leyendas?

—Claro, todo México vive de fantasmas y del culto a los muertos —respondió Concepción

¡Uou!… Yo tenía poderes telepáticos, y en ese momento entendí por qué muchas veces en mi vida terrenal había dicho o escrito cosas que no había pensado anteriormente. Estaba por seguir investigando, pero vi que Gelsomina venía caminando hacia mí.

—¿Por qué te preocupas en averiguar cosas de los humanos, si ellos viven solo de leyendas que se pasan de generación en generación? —me preguntó mientras se sentaba a mi lado.

Me miró, sacudió la cabeza y dijo:

—Ustedes, los terrestres, viven solo para la carne, mi mundo es muy diferente. Si ustedes no se sintieran atraídos …carnalmente, digamos… se extinguirían en pocas decenas de años.

Volvió a sacudir la cabeza, pero esta vez lo hizo con una sonrisa

—¡Qué lindo nombre me has puesto! —sonrió— Es el más lindo de todos los que los humanos me han puesto durante miles de años. Recuerda que no tienes que ocultarle nada a Zampanò porque él escucha todo, aunque no esté presente. Y recuerda que nuestra civilización se nutre de un amor diferente al de ustedes, donde no hay celos hacia nadie.

Mientras esta conversación sucedía, vi a Gelsomina mirar a la distancia con sus grandes ojos y pícaramente dijo:

—¿Ves a esa anciana hablando con humanos, tratando de venderles carteras? ¿Puedes ver esos tres perritos que están cerca de ella? Bueno, ella es una de los míos y los perritos eran cajas de energía como lo eres tú. Ellos ya vieron a los coordinadores, por eso lucen como perros.

La verdad es que yo no entendía nada y por eso pregunté:

—Gelsomina, ¿qué hace una vieja, con tres cajas de energía, que son vistas como perros, vendiendo carteras a humanos en la playa?

En ese momento, Lupita, la puertovallarteña, se levantó y gritó:

—¡María del Pilar, cuando termines con esas personas ven para acá!

—Ya voy —contestó la anciana.

Mientras esperaban a María del Pilar, Lupita empezó a contar a las amigas que esa vieja, por un poco de dinero, contaba historias que pondrían los pelos de punta.

—Vienen de todo México a escucharla —continuó— y aunque espanta a muchos turistas, el gobierno local no puede hacerle nada porque los propios gobernantes del estado de Jalisco, al ser supersticiosos, le tienen temor.

Al llegar, la vieja no se acercó a Lupita, sino que se dirigió hacia donde estaba Gelsomina y los perritos corrieron hacia mi caja de energía, moviendo la cola.

—María del Pilar, ¿qué te pasa?, ¿por qué no vienes donde estamos nosotras? —reclamó Lupita.

La vieja se detuvo, la miró y le dijo:

—¿Tus amigas quieren comprar carteras o escuchar mis historias? Hoy es un día perfecto para historias, porque siento que a ustedes las acompañan un muerto y un ser eterno. Miren cómo mis perros están interesados en el muerto... y cómo mueven las colas donde aparentemente no hay nadie.

—¿Cuánto nos cobras por las historias? —dijeron las capitalinas al mismo tiempo— Porque tenemos poco cash y seguramente no tomas tarjetas de crédito.

—Cobro quinientos pesos la hora.

Las muchachas revisaron todas sus carteras y pudieron juntar trescientos cincuenta.

—Entonces veinte minutos —dijo rápidamente la vieja, buena comerciante—, y si les interesa, mañana nos encontramos nuevamente.

La mujer miró a Gelsomina, que parecía divertirse con lo que estaba sucediendo.

—¿Desde cuándo se divierten de esta forma con los pobres humanos? —le pregunté, asombrado.

—Desde siempre… pero escúchala atentamente.

La vieja se sentó en el suelo con sus perros, estiró las piernas y comenzó a hablar.

—Señoritas, en este momento junto a nosotras hay dos seres que no pueden ver pero que yo y mis perros sentimos y vemos…. No se asusten, ellos no les pueden hacer nada porque están en otra dimensión y, a través mío, contestarán sus preguntas.

—¡Uf! ¡Qué manera de tirar nuestro dinero! —se quejó una de las muchachas.

—Miren, si al final de los veinte minutos mis cuentos no fueron de su interés, no me pagan —les propuso la vieja, cambiando de posición—. Lupita, tú que ya me conoces haz la primera pregunta dirigida al humano muerto.

Mientras esto sucedía, Gelsomina me dijo: "Diviértete con ellas y logra asustarlas".

—María del Pilar, ¿hacia dónde tengo que mirar para hacer mi pregunta? —preguntó Lupita.

—Mira hacia donde están mis perros reunidos —dijo la vieja.

—¿Cómo te llamas y por qué estás en esta playa? —dijo Lupita con voz nerviosa.

—Me llamo Federico y estoy aquí porque tengo que pasar unas pruebas —respondió por mí la vieja, y siguió—: Para que entiendan que yo escuchaba lo que hablaban desde hace un buen rato, les diré que ustedes estaban platicando sobre la cascada de Yelapa, sobre la Playa de los Muertos y de lo que decía la abuela de Lupita sobre esta playa, donde suceden cosas raras.

Las pobres muchachas estaban pálidas del miedo porque "la vieja" ni estaba en la playa en el momento de esas conservaciones. Uno de los tres perros me dijo: "¡Tú siempre buscas a *las chicas*!".

En ese instante recordé lo que me había dicho Gelsomina cuando estábamos en mi banco; que yo sería su mascota, su perro, en la experiencia que decidiría si los Seres Supremos me aceptarían con ellos.

Mi preocupación estaba concentrada en las muchachas, porque si llegaran a ver tres perros volverse invisibles, seguramente a La Playa de las Gemelas acudirían los noticieros de todo el mundo… Pero Gelsomina, que podía entender lo que me inquietaba, me dijo: "No hay problema con las muchachas porque ellas siguen viendo a los perros de María del Pilar… ¿Por qué esa caja de energía te dijo que siempre buscas a las chicas?". Le respondí que no tenía la menor idea.

Sin embargo, la misma caja de energía transformada en perro volvió a insistir en que a mí, como a él, nos "gustaban las chicas". ¡Uou!… Recordé que esa era la forma de identificarnos que habíamos acordado con mi amigo Pedro, en caso de encontrarnos después de muertos.

Muchos años antes, sentados en mi banco en Key Biscayne, medio en serio y medio en broma, con Pedro —el mejor amigo que tuve durante mi estadía en la Tierra—, habíamos convenido en que, si se nos daba una segunda oportunidad y nos convertíamos en "almas", él me diría la palabra "chicas" y yo le diría "Ferrari". ¡En la Tierra era común escuchar que las personas que se encuentran y se hacen amigas no es por casualidad, sino fruto de un mandato "superior" y Pedro fue mi amigo por casi setenta años!

Por el lugar donde se encuentra mi banco pasan muchas muchachas, porque está en la misma entrada que lleva a un faro y Pedro siempre se refería a las muchachas con el nombre de "chicas". Lo de Ferrari surgió porque él era un fanático de la *scuderia* Ferrari. Así, como contraseña en el "más allá" usaríamos las palabras "chicas" y "Ferrari".

La que no tenía muy claro cómo dos cajas de energía se conocía era la pobre Gelsomina, e insistía en que nunca había escuchado o visto algo semejante en los miles de años que llevaba como ángel de la guarda de humanos.

—Tano —me dijo Pedro, usando el apodo que me dieron en Uruguay por haber nacido en Italia—, mira que yo sospecho que ellos no lucen así. Ando siempre con la que tú llamas "la vieja" y varias veces la vi en forma borrosa y me pareció que lucía como un monstruo. —Hizo una pausa y agregó—: Somos energía pura, pero siempre me han explicado que tenemos una gran sabiduría almacenada en la caja y que esa sabiduría, que es la que adquirimos a lo largo de nuestra vida, podrá ser activada solo por el coordinador. ¡Yo esperé muy poco para ver al coordinador y aunque le pregunté muchas cosas, al final de la entrevista me transformé en perrito y no me acuerdo de nada de lo que me dijo!

Le contesté que yo, en cambio, estaba a la espera y no tenía muchas ganas de irme para los Guachimontones porque ahí sí dejaba la Playa de las Gemelas y que tal vez lo perdería de vista.

Una de las muchachas se dirigió hacia los tres perros y preguntó:

—Federico, ¿cuántos años tenías cuando te has muerto?, ¿dónde te has muerto?

—Tenía 95 y se murió en un banco que lleva su nombre, en el Parque Bill Baggs, al lado del faro—respondió por mí la vieja—. Si van a Miami, vayan a sentarse en él y verán qué linda vista del Océano Atlántico...

Otra de las muchachas exclamó:

—¡Rebeca, tú tienes un hermano en Miami, explícale lo que pasó y que por favor vaya a ver si realmente existe el banco!... ¡Pobre de María del Pilar si es todo mentira!

Al escuchar eso le dije a la vieja: "Respóndele esto: hay solo dos bancos a la entrada del faro y uno tiene mi nombre, se lo dices a Rebeca".

Para Pedro, esto era disfrutar y con su semblanza de perro se paseaba entre las cinco "chicas". De pronto, le hizo a Gelsomina una pregunta que no pude escuchar. "No puedo responder a eso —contestó ella—, es terreno exclusivo de los coordinadores, porque ellos sí contestarán a toda pregunta que les hagan los humanos seleccionados por los Seres Supremos".

En ese momento apareció Zampanò, que venía de enfriarse en la cascada y Gelsomina se alejó para hacer lo mismo. Zampanò nos invitó —a mí y a los tres perros— a ir hacia el final de la playa donde estaban las rocas. La vieja, por su parte, había ido a enfriarse junto con Gelsomina.

Las rocas estaban ocupadas por muchos seres como Zampanò, pero a nosotros nos llevaron a una roca muy grande que estaba un poco más adentrada en el mar.

Le pregunté a Pedro si nosotros dormíamos y me contestó que las cajas de energía ya no necesitaban dormir. Esa era información nueva, era la primera noche que pasaría después de muerto.

Pedro se había ido hacía catorce años y empezó a bombardearme con preguntas sobre lo que había pasado en la Tierra desde su ausencia, especialmente qué había sabido de sus hijos.

Cuando le conté que en varias oportunidades sus hijos y nietos habían visitado Miami con la finalidad principal de sentarse en mi banco y escuchar mis historias, pude darme cuenta de que también los perritos tienen emociones. ¡Y Pedro estaba emocionado!

El microbio que me dio la bienvenida, apenas me transformé en caja de energía, me había dicho que todo lo que sucedía era para lograr que el ser humano tuviese una permanente falta de agua y comida y que por esos dos elementos fundamentales para la sobrevivencia los pobres seres humanos se han matado y se matan de una forma nunca vista anteriormente.

—Pero la noticia más grande que te puedo dar es que poblamos el planeta Marte el año 2029. Mandamos cuatro humanos, dos mujeres y dos hombres y estos ya han tenido dos hijos —dije con entusiasmo—. O sea, Pedro, que en este momento esos pioneros solo se pueden dar amor: ¡espero que todo lo malo que aprendieron en la Tierra no lo hagan en Marte! Si pasamos esta prueba y vamos con los Seres Supremos, seguramente visitaremos Marte… juntos.

"Yo, mi querido Pedro, llegué a los 95 y a esa edad los más jóvenes te preguntan muchas veces qué se siente ser viejo. En mis últimos años, cada vez que me preguntaban eso, recordaba que cuando tenía 80 había leído algo que un amigo me había mandado por escrito a mí ya caduco PC y que —más o menos— decía que, primero, él no se sentía viejo y que volverse viejo es un regalo. Comentaba que por primera vez en su larga vida era la persona que siempre quiso ser. Al mirarse al espejo veía canas, calvicie, ojeras y arrugas, pero que esas cosas no le preocupaban. Definitivamente, él no cambiaría sus amigos ni su maravillosa vida por menos canas y más músculos. Decía que había aprendido a ser más amable consigo mismo, a no criticarse tanto y que se había convertido en su mejor amigo… Pero lo más sabio de toda su filosofía era haber aprendido que *la vejez no es placentera, pero la alternativa es peor.*

"Tal vez tú, Pedro, te has perdido esa etapa de la vida donde uno se da el lujo de ser un poco desordenado y —¿por qué no?— extravagante."

"He visto irse de este mundo a varios amigos demasiado pronto, antes de que se dieran cuenta de la libertad que viene acoplada con hacerse viejo. ¡Qué lindo es leer o jugar en el PC hasta las cuatro de la mañana y luego dormir hasta el mediodía!"

"Me olvido de muchas cosas, pero me acuerdo de las cosas importantes y he tenido la bendición de haber vivido lo suficiente para ver mis cabellos cada vez más grises a la vez de mantener la sonrisa de mi juventud."

"Al ser viejo, no importa lo que digan o piensen los demás de ti y todo lo dejas en la mano de Dios… perdón, quise decir 'de los Seres Supremos'."

"Sabiendo que los Seres Supremos solo hacen pasar a esta segunda etapa a muy pocos seres humanos, tú y yo hemos tenido la suerte de reencontrarnos convertidos en pura energía y con la posibilidad de hacer todo tipo de preguntas a nuestros coordinadores."

—¡Te imaginas! —dijo Pedro— Cuántas preguntas les hice sobre mi hermano Roberto y mis padres… ¿y tú?…

—Yo, en cambio, estoy más interesado en cómo es el universo —dije rápidamente—. Quiero saber dónde están los Seres Supremos y por qué martirizan tanto a los humanos…

En el medio de esta conversación las otras cajas de energía se acercaron a nosotros preguntando por qué éramos amigos y en el preciso momento en que mi amigo les empezaba a contar, apareció la vieja, conocida como María del Pilar, y nos comunicó que iríamos a la playa a encontrarnos con las cinco señoritas mexicanas.

Al lado de las jóvenes, por supuesto que no visibles para ellas, estaban Gelsomina y Zampanò. Al recibir su dinero, la vieja le preguntó a Lupita si tenía novedades de su hermano.

—Mi hermano está por llegar al banco en donde supuestamente se murió Federico —le respondió suavemente Lupita—. Y… hablando de Federico, ¿él está aquí contigo?

—Sí —contestó la vieja en el mismo instante en que el teléfono de Rebeca comenzó a sonar.

Las otras cuatro amigas estaban visiblemente nerviosas y se inclinaron hacia Rebeca para escuchar mejor la conversación.

—¡Hola, Arturo! ¿Dónde estás? Cuéntame lo que estás viendo, solo tú puedes aclarar si esta vieja nos dice la verdad o si nos está robando el dinero.

—No, no les está robando —dijo Arturo—. Efectivamente, hay un banco en el cual está escrito "Federico Padovan".

Rebeca, incrédula, se volvió hacia la vieja.

—Pregúntale a Federico cómo está vestido mi hermano y quién le acompaña —pidió.

—Dile que está vestido de pantalón blanco camisa de la marca Polo color verde, zapatos New Balance y que está acompañado por un amigo muy flaco y muy alto, de piel muy blanca que usa shorts, sandalias y no tiene camisa —le indiqué a la vieja.

Rebeca, pálida y aterrorizada, le preguntó a su hermano si no sentía que estaba en peligro, pero la respuesta fue que le extrañaba la pregunta y que aquel era un lugar donde se respiraba "paz… ¡mucha paz!".

La vieja sonrió, dio por terminado el tiempo y se marchó en búsqueda de otros clientes. Ya no había mucho para hacer allí, así que Gelsomina y Zampanò me invitaron a visitar algo interesante en la Playa de los Muertos.

En un abrir y cerrar de ojos, como dirían los seres vivos, nos encontramos en la playa repleta de turistas. Frente al mar había muchos hoteles y restaurantes, ya que la Playa de los Muertos es mucho más importante que la de las Gemelas. Pensé en lo que la abuela le había contado a Lupita sobre el origen del nombre. Efectivamente, yo estaba a punto de entrar en un lugar visible para mí, pero invisible a los ojos humanos.

Se trataba de un lugar con techo de piedra, bastante grande. Una vez adentro, me di cuenta de que se trataba de una necrópolis. En el piso había 33 momias en rectángulos de piedra bien trabajados, como si fuesen camas. Estaban enmarcadas con molduras de metal y en las cuatro paredes había doce nichos, también con sus respectivas momias. Las paredes estaban adornadas con pinturas que explicaban el sistema de vida de esa civilización. Solo había pinturas y los adornos eran todos de un metal que yo nunca había visto.

Estaba claro el porqué del nombre Playa de los Muertos: se debía a que había existido un cementerio anteriormente. En ese momento, Gelsomina me llevó al techo de la necrópolis y pude ver que de esas tumbas había cientos, tal vez miles.

—¿Cómo fueron construidas estas tumbas? —pregunté con curiosidad— ¿Con qué material se construyeron?

—El material es lava, es el resultado de las erupciones. La lava, al enfriarse, se convierte en un material muy fácil de trabajar y a la vez muy duradero —dijo Gelsomina— Con él, los primeros habitantes lograron hacer verdaderas viviendas que fueron aumentando de acuerdo a sus necesidades. De la misma forma que hacían las viviendas, fueron esculpiendo en esa lava las diferentes tumbas del otro lado de la calle. Sería como si ahora cada casa tuviera su propio cementerio privado.

Me pareció una idea muy buena porque siempre me había molestado la idea de que mis padres estuviesen en un cementerio rodeados de extraños.

La vista que tenía adelante mío era algo increíble, porque durante millones de años ese lugar debió haber sido un verdadero paraíso terrenal. El material volcánico los protegía para que el lugar no fuera profanado, en pocas palabras, *podían dormir tranquilos.*

Poco después, en esta mi primera excursión al pasado, pregunté a Gelsomina cuándo había sido puesta su civilización en estas tierras y desde cuándo ellos eran eternos.

—Eso se lo tendrías que preguntar al coordinador que te recibirá oficialmente en este nuevo mundo —me contestó.

Ya me estaba acostumbrando a esa respuesta, así que no insistí. Lo que no entendía era cómo se habían podido construir hoteles y todo tipo de edificios, encima de lo que yo veía. Tampoco me quedaba claro por qué Playa de los Muertos se había convertido en lo más importante de Puerto Vallarta. ¿No sería que, simplemente, yo veía un pasado que ya no existía?

¿Sería posible que en la Tierra se guardara todo lo que ha existido desde siempre?

Gelsomina leía mi pensamiento, me miraba y se reía. Estaba siempre pendiente de mí, de mis actos y pensamientos. Esto me hacía intuir que, aunque ella era una especie de robot desde hacía muchos milenios, conocía el por qué de mi duda.

—Esto sigue existiendo, pero en otra dimensión, es simplemente que el hotel que ves, en este caso específico, comparte con el cementerio el mismo espacio —dijo mientras me miraba divertida—. Si los humanos lo supieran no vendrían a este hotel.

Tenía razón, indudablemente.

—Estoy ansiosa por llegar a las Pirámides Redondas y que los coordinadores te conozcan —dijo de pronto—. En primer lugar, porque por fin te transformarás en perrito y, en segundo lugar, porque quiero saber qué inquietudes tienes sobre tu pasado terrenal.

No supe qué responder y quedamos en silencio hasta que me pidió que la acompañase a la cascada porque se tenía que enfriar. La seguí y me propuse mirar muy atentamente cómo lucía durante el enfriamiento.

No sé si lo hizo a propósito, pero poco a poco la piel que la recubría fue desapareciendo y por primera vez vi cómo era. Y no, no era un robot como los que se conocen en la Tierra. La cara era similar a los dibujos de la civilización egipcia y de su cuerpo de metal, similar al nuestro pero transparente, emanaban luces. En su interior se podía ver un mecanismo de relojería que al estar expuesto al sol se calentaba y que seguramente al dilatarse no funcionaba bien.

Al darse vuelta, pude ver que sus ojos eran del mismo color celeste que le había visto hasta el momento, pero había una gran diferencia, porque ahora se notaba que estaban hechos de una piedra preciosa.

Su cara era redonda, no tenía pechos ni vagina y en la cascada, una vez terminado el proceso de enfriamiento, al regresar hacia mí, poco a poco se transformaba en mujer visible a los humanos; en la más hermosa mujer que haya visto entre las terrestres.

—Permití que me vieras, me descubrí a un humano antes de tiempo y no tendría que haberlo hecho —me dijo con voz suave—. Nosotros nos amamos para no reproducirnos, porque somos eternos. No necesitamos continuar la especie como los humanos, pero en tu caso no veo la hora de tenerte en mis brazos hecho un perrito con ojos grandes. Vas a dormir conmigo, a trabajar conmigo y, al leer tu pensamiento, poco a poco he logrado amarte como si fueses uno de nosotros.

"Sé que, durante tu estadía en la Tierra fuiste muy sensible, un verdadero 'enamorado del amor', con una fuerza similar a la nuestra, pero no has logrado realizarte con ninguna mujer de las que has conocido."

Se sentó al lado de mi caja de energía, se hizo invisible y solo podía escuchar su voz diciéndome confidencias que eran todas novedades para mí. Entre ellas, la más sorprendente sin dudas fue la confesión de que durante toda mi vida terrenal había sido mi ángel de la guardia.

Ella sabía todo de mí, siempre había estado a mi lado a lo largo de mi casi centenaria estadía en la Tierra y varias veces me había salvado de grandes accidentes.

—¡Tu hora de conocer a los coordinadores ha llegado! ¡Prepara tus preguntas!

CAPÍTULO 3

Fue entonces que me encontré frente a dos pirámides redondas y una serie de pequeños edificios alrededor de ellas. Todo lucía bien mantenido, pero solo eran edificaciones para entretener a los turistas. No había tenido tiempo de pensar por dónde me meterían para encontrar a los coordinadores que Gelsomina tanto anunciaba.

—Apártate un poco de las pirámides, que el espectáculo está por comenzar —me advirtió.

Seguidamente, como cuando uno ve una película que en lugar de avanzar retrocede…. así vi los cambios que hubo en ese lugar desde que los Seres Supremos hicieran el planeta Tierra y vi cómo los primeros habitantes de ese lugar fueron creados ya inmortales. En todo ese retroceso en el tiempo solo veía adultos y a lo largo de todo lo que me iban mostrando nunca veía a niños. "¿No será que todos estos sujetos fueron creados en una fábrica cuya producción se hizo con moldes de edad adulta?", pensé.

Lo fantástico de esa primera experiencia con ellos fueron los cambios de vegetación, a lo largo de milenios, que vi en lo que llamaría "mi película".

Cuando terminó, Gelsomina me explicó que, al igual que en la experiencia en Playa de los Muertos donde había visto el cementerio cuando lo que en realidad había allí era un hotel muy grande; aquí había ruinas visitadas por los turistas humanos que venían de todas partes del mundo… entonces, los Seres Supremos habían permitido que nos mostraran todo a los humanos que pasamos a esa segunda etapa; o sea, que no tuvieran secretos…

Todos los Roxlendi como Gelsomina se veían muy elegantes y parecían salidos de Star Trek: altos, con ojos grandes y salidos del mismo molde.

En ese momento, me acordé de lo que me había dicho mi amigo Pedro cuando estábamos en las rocas ubicadas en el mar, cerca de la Playa de las Gemelas: "Ellos lucen como monstruos", pero yo no los veía como tales.

Sin duda alguna, ser transformado en perrito y vivir con monstruos no era nada simpático, ¡especialmente para un pobre humano acostumbrado a las muchas películas donde los extraterrestres quieren matar a los pobres humanos!

En el medio de mi pánico total, recordé que había visto a Gelsomina en las cascadas y no me había parecido tan monstruosa. Pero lo que realmente trajo paz a mi energía fueron sus palabras cuando estábamos en mi banco: "Nosotros no te podemos hacer daño porque los Seres Supremos te protegen y, además, recuerda que nosotros solo conocemos el amor".

Gelsomina, vestida con una túnica color aguamarina que hacía juego con sus magníficos ojos y Zampanò, a su lado, vestido con algo parecido a un tuxedo de color rojo y negro estaban muy elegantes para ir a que les dieran un perrito.

Opté por decirles: "Ustedes están demasiado elegantes para ir a que les entreguen un pobre perrito, realmente no entiendo y estoy confuso". Ambos se rieron y me aseguraron que lo que yo aprendería del coordinador me dejaría completamente satisfecho. A continuación, Gelsomina me hizo un pedido:

—El coordinador te va a preguntar en cuál de los perros que tuviste en tu vida quieres ser transformado, no elijas los grandes porque te quiero tener conmigo cuando descansamos.

Finalmente, el gran momento llegó y sin ningún preaviso me encontré en un gran salón, cuya decoración eran grandes dibujos que describían la evolución de su especie.

No podía entender por qué la mayoría de esos dibujos eran figuras muy parecidas a los humanos que, poco a poco, se transformaban en robots.

Gelsomina y Zampanò estaban al lado mío y los veía muy preocupados por no salirse del ceremonial que estaba por empezar. En algún momento me di cuenta de que mi caja de energía tenía que estar entre ellos dos.

Acompañada por un gran trueno, una música empezó a invadir el enorme salón. Realmente, nunca había escuchado ese tipo de sonidos… Tal vez eran trompetas sonando en una forma muy solemne, una música salida de miles de truenos que terminaron en un estallido final que, con seguridad, era la manera en que anunciaban la llegada de los coordinadores.

Lo que pasó fue digno del efecto especial más impresionante de los que había visto, estando vivo, en películas en la Tierra. De la nada, en el medio del salón, aparecieron dos tronos, en ellos estaban sentados dos coordinadores, un hombre y una mujer, que lucían como humanos.

En frente a ellos, pero a mis espaldas, aparecieron mi nombre, mi apellido y mi fecha de nacimiento, flotando y girando sobre las paredes, primero despacio y luego a gran velocidad. Como resultado, mi nombre se convirtió en dos libros que cayeron en las manos de los coordinadores.

Los dos leyeron simultáneamente. Yo veía que pasaban las páginas al mismo tiempo y, mientras esto sucedía, veía pasar toda mi vida en las paredes de aquel salón enorme.

Al terminar, el coordinador levantó los ojos y mirándome fijamente dijo:

—Federico, ¡en nombre de nuestra civilización te damos la bienvenida!

—Te voy a explicar el procedimiento que hacemos con todos los humanos a los cuales los Seres Supremos eligieron para realizar esta prueba, cuyo fin es ayudarnos a resolver problemas en tu exmundo, o sea, la Tierra… —dijo la Coordinadora, y agregó—: ¡Federico! Sígueme, que llegó el momento en que te transformaremos de una caja de energía en un perrito.

En ese instante miré a Gelsomina y esta me hizo señas de que la siguiera.

Seguí a la coordinadora hasta el final del gran salón para, de ahí, entrar en otro salón donde había una gran puerta de entrada con un letrero que decía "El Jardín de los Recuerdos". Aquel cuarto era totalmente blanco y en las paredes se podían ver los momentos pasados con mis diferentes perros.

—Esas no son filmaciones, sino que has vuelto al pasado y eso que ves está pasando en este momento. Uno de tus perros, el que elijas, te prestará su cuerpo.

Sentí una gran emoción y, finalmente, recordando el pedido de Gelsomina elegí a mi perrita Coco II.

La coordinadora le ordenó a la perrita elegida saltar en el lugar donde estaba mi caja de energía y, al hacerlo, sentí que comenzaba a sentir los dolores que—imagino— mi perrita sentía estando viva.

¡Muy poco había disfrutado de no tener dolores corporales! Di la última mirada a los otros perros y jugué un poco con ellos, recordando lo que eso le gustaba a cada uno. Al terminar, volvimos al gran salón.

Pero… ¡qué sorpresa! Ya no existía ese salón grande, sino que me encontraba en un gran jardín que no parecía terrestre…

—Este es nuestro universo —dijo el coordinador—. Nosotros tenemos nuestro lugar en el espacio y tenemos otro espacio bajo la corteza terrestre. De esto último viene la necesidad de que nuestros ojos sean grandes.

Una vez llegado al lado de mis guías, pude ver la cara de contenta que Gelsomina puso al verme transformado en un perrito chico. Yo, en cambio, estaba en un verdadero asombro. Por primera vez tomé conciencia de que estaba enfrentando una situación muy diferente. De todos modos, me propuse dejarme llevar por esa experiencia, del lado que fuese, porque igualmente no tenía otra alternativa.

Gelsomina y Zampanò, cuando los conocí en mi banco, me convencieron de que me cuidarían, pero lo que no me explicaron era lo que sentiría una vez transformado en perro ni cómo sería mi futuro antes de, eventualmente, dejar la Tierra.

¿Coco II estaría compartiendo conmigo su cuerpo o ese cuerpo sería todo mío?

El coordinador, entonces, dijo que yo podía hacerles todas las preguntas que quisiera, pero no relacionadas a humanos, estuvieran vivos o muertos.

Pregunta #1

—¿Qué le paso al pobre perro que dio su cuerpo? —pregunté con preocupación.

—Tu Coco solamente nos dio lo que de ella se veía exteriormente y su cuerpo se transformó, teniendo ahora el mecanismo de relojería con el cual vivimos los Roxlendi. Pero, te aclaramos que en nuestro mundo no existe ninguna raza de perros. En la cabeza está ubicada tu caja de energía, pero no te preocupes porque en poco tiempo ya no sentirás dolor alguno y cuando estés interactuando con humanos hasta vas a poder ladrar. Para llevar a cabo nuestras misiones, elegimos a los perros por ser las mascotas más populares entre los humanos. Y, en cuanto a los ojos grandes, los humanos piensan que es una de las razas entre los cientos que hay en el planeta Tierra.

Pregunta # 2

—En la Playa de las Gemelas, me encontré con mi mejor amigo, de nombre Pedro y también convertido en perro. ¿Hay chance de que podamos encontrarnos nuevamente?

—Tal vez hagan misiones juntos, pero recuerda que terminado tu interrogatorio con nosotros tú no vas a recordar nada de tu pasado incluyendo el hecho de que en la Tierra él era tu amigo.

Pensé que cómo era posible que Pedro, ya transformado en perro, se acordara de nuestra palabra clave y secreta… ¡Pero no dije nada!

Pregunta # 3

—¿Me pueden explicar la palabra AMOR y la diferencia entre ellos y los humanos? ¿Como pueden vivir ustedes solamente AMÁNDOSE?

La coordinadora se quedó un momento en silencio y luego me respondió:

—¡Es el AMOR lo que te hace vivir bien! Esa fue una decisión de los Seres Supremos. Los Beatles eran de nuestra raza y su más famosa canción fue "Love, Love, Love". Los humanos la cantaron trillones de veces, pero nunca entendieron el mensaje que les habíamos mandado.

"La educación es más importante que el dinero y el estatus social. Estar solo 'te mata', lo mismo que el alcohol y fumar."

"No importa tener una mente brillante para envejecer bien. Tú tienes que estar enamorado o, por lo menos, tener ataduras afectivas muy fuertes con tu familia, que pueden ser tus padres, madres, hijos, etc. Y también tienes que tener muchos amigos."

"Ustedes se preocupan más por si tienen el colesterol o la presión alta. Estas condiciones, aunque sean importantes, no ayudan a vivir mucho tiempo como lo hace el AMOR."

"Lo importante es que vuelquen sus energías en las relaciones con otros."

"Nosotros pensamos que, si los humanos no logran en su gran mayoría ser felices y AMAR, es porque los Seres Supremos no lo permiten."

"Ese sufrimiento va aumentado porque cuando creen haber encontrado el amor, alguna traición viene a molestar la relación."

Pregunta #4

—En la Tierra llaman "humanoide" a todo ser que no es de la especie humana, pero que se le parece: ¿ustedes cómo se definen?

—Los Seres Supremos nos crearon como si fuésemos un reloj —respondió el coordinador—. Funcionamos en el interior de nuestro cuerpo con una máquina casi perfecta, su material es el oro y cuando necesita reparaciones vamos a un lugar donde nos cambian las piezas defectuosas. El perfume del oro cuando lo fundimos es uno de los grandes placeres que tenemos.

"El cuerpo humano fue creado a nuestra semejanza, ambos somos máquinas perfectas, pero con materiales diferentes: nosotros no tenemos los dolores que los humanos tienen, dolores permanentes, y el material que tienen en su cuerpo los humanos tiene un DNA que lo hace fácil presa de los virus y las bacterias y los obliga a realizar estudios permanentes sobre la genética para descubrir nuevas medicinas y las mejores formas de alimentación y ejercicio."

"Este tipo de material que ustedes llaman carne, huesos, etc., se autodestruye con la muerte, mientras que nosotros somos inmortales, sin tener necesidad de comer ni de ir al baño, que es el castigo por haber abusado de la comida y la bebida."

"Ustedes trabajan frenéticamente, estudiando la forma de crear inteligencia artificial para ayudarlos a solucionar problemas de todo tipo."

"Todo eso tiene como finalidad que sufran menos y prolonguen la vida un poco más… y para sufrir menos tienen que gastar mucho dinero."

"Si murieran a los sesenta se evitarían muchos pero muchísimos sufrimientos, sin embargo, esto es lo que quieren los Seres Supremos: ¡QUE SUFRAN! "

"La única ventaja para ustedes es que tienen una inteligencia que aumenta de una generación a otra, mientras que la nuestra no evoluciona. Este es el motivo por el cual los Seres Supremos seleccionan a unos pocos humanos cuando mueren para realizar trabajos juntos, un poco como en la estación espacial en la cual hay astronautas de diferentes países."

"Nosotros no nos podríamos llamar 'humanoides' porque de humanos no tenemos nada …. somos una especie mecánica."

"Incluso la piel que envuelve nuestro mecanismo de relojería no tiene nada similar a la de los humanos…"

"Los Seres Supremos nunca nos pusieron nombre, pero entre nosotros nos llamamos Roxlendi."

"¿Nunca te has preguntado por qué ustedes, los humanos, han tenido maneras sofisticadas de ver las horas desde la prehistoria?"

"Ese fue un gran regalo que les hicimos, siempre mandados por los Seres Supremos."

Pregunta # 5

—Explíquenme cómo funcionan ustedes en su mundo.

—Tú vas a conocer ese mundo y creo que es mejor que todo sea una sorpresa para ti, pero te adelanto una cosa: nos volvemos invisibles simplemente haciendo que nuestra caja de relojería funcione al revés.

"Los Seres Supremos eligieron la Tierra como único lugar del universo donde existirían dos formas de vida. Ellos, desde su universo, se divierten creando sufrimiento para los humanos y a nosotros nos dan las frustraciones por estar limitados mentalmente."

"No obstante, a los humanos —aunque en forma muy limitada— se les permite formar parte del universo que rige y controla al resto de los universos, mientras que a nosotros eso nos está prohibido."

Pregunta # 6

—¿Cómo y por qué se construyeron tantas pirámides, especialmente aquí en México? ¿Y cómo se construyeron las de Egipto?

—En México, donde hay una pirámide había un volcán y —al igual que en el cementerio que viste en Playa de los Muertos— la lava, al enfriarse, se convertía en un material esponjoso muy fácil de manipular. Las de Egipto, en cambio, fueron excavadas directamente en la arena. La punta fue lo primero que hicieron y, una vez terminadas, los Seres Supremos mandaron una nave espacial que a su vez movía mediante poderosos chorros de aire la arena que estaba alrededor de ellas dejando nuevamente el desierto liso. Por ende, los arqueólogos creen que fueron construidas de abajo hacia arriba. Esa es la razón por la cual en los grabados de los egipcios se ven tantas naves de extraterrestres.

Pregunta # 7

—¿Por qué en la Tierra hay tantas personas que definimos con adjetivos como: malos, delincuentes, asesinos, ladrones, mentirosos y, por supuesto, ¿'los políticos'?

—Al nacer, el ser humano ya tiene programado cómo y para qué están en el mundo.

"Desde el universo de los Seres Supremos los controlan; todo está orientado a hacer sufrir a pequeños grupos o a naciones enteras."

"En ocasiones, nos piden que los ayudemos y enviamos a un Roxlendi a ocupar puestos importantes como presidentes de países poderosos. Eso sucede desde que la Tierra fue poblada por humanos."

"Estos infiltrados son los que hacen que se fomenten todas las cosas malas por las que me acabas de preguntar."

Pregunta # 8

—Mi madre siempre decía: 'Nacimos para sufrir física y mentalmente'. ¿Por qué eso es así en el ser humano?

—Es la materia que forma el cuerpo de los seres humanos lo que les produce dolor físico y es su gran inteligencia lo que les hace sufrir mentalmente.

"Nosotros, en cambio, al vivir mecánicamente no sentimos emociones ni dolores. Por eso los Roxlendi les hemos dado a los humanos los robots, que son nuestra copia, pero usando tecnologías modernas y no oro que es muy caro y difícil de conseguir."

"Nunca supimos por qué les toca sufrir tanto y solamente sospechamos que es unos de los tantos experimentos que practican en el universo."

"Tú fuiste víctima de los deportes que has practicado y por lo tanto has tenido muchos dolores físicos."

Pregunta # 9

—¿Cuál es su relación con el universo de los Seres Supremos?

Muy poca relación, simplemente nos tienen como nexo con los humanos, pero es necesario que los pocos elegidos para eventualmente irán al universo de ellos nos ayuden a resolver nuestros problemas y el más grande, para nosotros, es obtener el oro.

CAPÍTULO 4

Una vez terminadas mis preguntas a los coordinadores, estos me desearon mucha suerte y recalcaron que de mi habilidad de ayudar a Gelsomina y Zampanò dependía que yo subiera a formar parte del universo de los Seres Supremos.

Zampanò me explicó que antes de mostrarme su mundo, necesitaban que me sintiera cómodo en el cuerpo que me había prestado mi perrita Coco, porque un nuevo mundo se había formado para mí.

Al concentrarme en eso me di cuenta de que el cuerpo de Coco funcionaba igual que el de los Roxlendi y le pregunté cómo podía hacer funcionar al revés mi cuerpo de perro para hacerme invisible. "Es tu caja de energía, ubicada en la cabeza, la que da órdenes al cuerpo", respondió.

"Dicho y hecho", pensé y cerrando los ojos me dije: "Quiero ser invisible". Inmediatamente Coco desapareció, pero, al hacer eso, mi caja de energía se trasladó afuera de la cabeza de Coco y comencé a ver todo exactamente como cuando estaba vivo.

"Así es como funciona", me aclaró Gelsomina, "porque en el caso de que algo o alguien destruya a Coco durante nuestras múltiples aventuras, tu caja de energía no sufrirá daño alguno".

Una vez que estuvieron seguros de que yo dominaba mi nuevo cuerpo, abrieron una gran puerta y finalmente pude admirar el mundo de los Roxlendi.

Sé que estábamos bajo tierra, pero aquello no era un túnel porque la bóveda era inmensa y grande como un universo, los colores eran algo que yo jamás había visto y en el cielo inmenso veía muchas naves espaciales. Gelsomina, al darse cuenta de mi asombro, vino en mi ayuda diciendo: "Esas naves son como aquellas en las que tú, si pasas la prueba, explorarás el espacio sideral".

A continuación, me levantó del suelo y me apretó con fuerza contra su cuerpo y dijo:

—Voy a presentarte a una princesa de la cual, lo mismo que contigo, yo fui su ángel de la guardia. A esa princesa los Seres Supremos nunca la dejaron morir y, por supuesto, ella cree que sigue viva sin saber que no lo está hace cientos de años…

—¿Dónde vive?

Gelsomina señaló en dirección a una laguna y me explicó que yo muy pronto tendría la misma sensación que cuando visité el cementerio en la Playa de los Muertos en Puerto Vallarta.

—En este momento, ahí, precisamente en ese lugar, hay una gran catedral y nosotros retrocederemos en el tiempo cuando estemos con ella. En esta primera aventura conmigo y Zampanò te llevaremos a conocer a la princesa Sac Nicté que fue una noble durante el imperio Maya.

"Según la leyenda, fue muy buena con los animales, la vegetación y un verdadero símbolo del AMOR. Por eso fue premiada convirtiéndola en un personaje inmortal para que cuide la naturaleza en esa zona.

Del mismo modo en que habíamos viajado después de mi muerte, desde Key Biscayne a Puerto Vallarta, los tres, transformados en invisibles, comenzamos a volar por encima de la laguna que separa la tierra firme de la Isla de Flores.

Su agua cristalina estaba prácticamente oculta por grandes hojas verdes que flotaban con una flor totalmente blanca en el centro.

Al llegar a la isla, vi que estaba desierta, sin embargo, en la cumbre se veía un templo del estilo de los que había en casi todas las pirámides aztecas.

Una vez allí, volvimos a ser visibles, es decir: dos personas y un perrito. Gelsomina, entonces, llamó tímidamente.

—Princesa, ¿estás en casa?

No hubo respuesta y Zampanò decidió que esperaríamos.

—La princesa no tiene idea de lo que sucede —me explicó— . Para ella tú serás un simple perrito y yo, Zampanò, soy solo un amigo de Gelsomina. Sin embargo, nosotros podemos comunicarnos a través de nuestro sistema telepático y tú puedes hacerle preguntas a la princesa a través de Gelsomina.

Poco después, de un sendero lleno de flores, emergió la princesa acompañada de dos doncellas. Al ver a Gelsomina, visiblemente contenta, le tiró los brazos al cuello y la besó. Seguidamente, les dio instrucciones a sus empleadas de lo que tenían que hacer y nos invitó a pasar a la sala que tenía su trono como parte central. Pero no se sentó en él, sino que nos hizo acomodar en lo que yo definiría como un lugar de estar, con muebles totalmente de piedra volcánica.

Una vez sentados, la princesa preguntó mi nombre y me invitó a que fuese a quedarme a sus pies. Puesto que yo no sabía cómo actuar, telepáticamente pedí instrucciones a Gelsomina y esta me pidió que recordara cómo se comportaban mis perros y que hiciera lo mismo. "Fácil para los perros, pero difícil para mí", pensé.

A esa altura, la princesa acariciaba mi cabeza así que me armé de valor y le pedí, con mi pata delantera, que me subiera a su falda… y la princesa ¡me subió!

Gelsomina empezó a pedirme que me bajara, pero la princesa muy amante de los animales no me puso en el suelo. ¡Yo estaba loco de la vida porque jamás había tratado con una princesa y menos con una que me acariciara con tanta ternura! ¡"Guau, baby, guau"!

Desde la altura, en su falda, yo dominaba la situación y miraba de frente a mis dos acompañantes, los cuales entablaron conversaciones varias de las cuales saqué la conclusión de que la princesa no sabía nada de los Roxlendi y, menos que menos, de que los humanos elegidos por los Seres Supremos seguían a una segunda etapa. Sabía, en cambio, todo lo relacionado a qué significaba vivir en un templo rodeado de flores y árboles de todas las especies, que ella cuidaba con tanto amor… especialmente las flores blancas, porque su nombre Sac Nicté significaba "flor blanca".

Miré hacia fuera y hacia arriba y vi que encima de nosotros había una iglesia muy grande y que la isla estaba totalmente construida con automóviles que iban y venían a través de un puente que conectaba la laguna a esta isla.

Entonces empecé a entender… Al morir, los Seres Supremos hicieron vivir nuevamente a la princesa, pero en una dimensión diferente a la cual pertenecen los pobladores de hoy. Gelsomina, que estaba leyendo mi mente, me explicó que al no tener ella ni espacio ni tiempo no se podía dar cuenta de que la vida que estaba viviendo era la misma desde hacía varios siglos. Su cerebro estaba programado para que no se diera cuenta de ello y, por lo tanto, que no se aburriera de que todo alrededor de ella se repitiera continuamente.

—Por esta razón —intervino Zampanò—, los Seres Supremos en este mes de Moan hacen que las diferentes cajas de energía que recién salieron a estar con los coordinadores, transformadas en perritos, hagan su primera prueba aquí. Gelsomina será tu interlocutora.

Al ver mi mirada de desconcierto, Zampanò, siguió:

—Te explico: los Seres Supremos están haciendo un experimento con la princesa. Una vez al año, durante este mes, quieren evaluar su cerebro en base a lo que vas a preguntarle a través de Gelsomina. A partir de este momento tienes cinco minutos para hacerlo.

La verdad, ¡mis acompañantes me habían tomado de sorpresa! De todos modos, analizando dónde vivía ella, rodeada de damiselas que la ayudaban en todo y que seguía viviendo en el tiempo en que ella y su civilización habían vivido cientos de años atrás, la posibilidad de hacerle algunas preguntas, para mí, era como un sueño… Sin hesitar, le dije a Gelsomina:

—Pregúntale esto: ¿Tu vida es un sueño o son tus sueños que te ayudan a vivir?

Por la expresión de su rostro, vi que Gelsomina había quedado muy impresionada con mi pregunta. Sin embargo, no la formuló de inmediato, sino que comenzó un intercambio de ideas y conversaciones sobre los sueños hasta que, finalmente, le hizo la pregunta.

La princesa pensó un poco y dijo:

—Definitivamente, mi vida es un *sueño* porque es tan linda que me no permite otras alternativas. ¿Para qué tener otros sueños si el mío me deja plenamente satisfecha? Además, varios sueños serían diferentes y confundirían mi mente en lugar de ayudarla. ¡Confirmo! —dijo la princesa— ¡Mi vida es un SUEÑO!

En ese momento pensé si realmente la princesa habría sido puesta a soñar eternamente por los Seres Supremos.

Después de otro rato de conversación, la princesa dijo que tenía que ir a navegar en la laguna para recoger flores y se despidió de nosotros.

Una vez solos, le dije a Gelsomina que, aunque yo estaba prisionero en el cuerpo de un perro y no tenía escapatoria, esa primera aventura había sido muy aburrida.

CAPÍTULO 5

Al escuchar que me había aburrido, Gelsomina y Zampanò se rieron suavemente y me anunciaron que la diversión empezaba ahora, porque me iban a introducir a un enviado de los Seres Supremos que seguía la vida de la princesa y, para ello, tendríamos que entrar en la dimensión en la que ellos operaban.

Nos volvimos nuevamente invisibles y comenzamos a sobrevolar la laguna. Desde esa altura vi cómo la princesa, de pie al frente de una canoa, daba órdenes a los que remaban, indicándoles el lugar al que quería ir. "Seguramente irá a recoger del centro de las grandes hojas las flores blancas que le pertenecen", pensé.

Así como uno, al leer un libro, pasa las páginas, me encontré en un universo cuya característica era su color. En él todo era de un color azul y se veían cientos de planetas, pero no como los conocía cuando estaba vivo. Estos tenían formas geométricas de todo tipo y lucían mucho más grandes que los nuestros en la Via Láctea.

Gelsomina y Zampanò tenían razón, porque yo no solamente estaba entretenido mirando ese espectáculo, sino que estaba muy feliz al ver tantas naves espaciales surcando esos cielos.

Lo diferente a los cielos de la Tierra era que había espirales que venían del espacio infinito y se conectaban a túneles parecidos a los que en los aeropuertos se usan para permitir que los pasajeros entren y salgan de los aviones.

Hacía un tiempo que volábamos por esa región para mí desconocida cuando Gelsomina y Zampanò me dijeron que en pocos minutos conocería un emisario de los Seres Supremos. A continuación, nos dirigimos hacia uno de los tantos túneles y Zampanò me explicó que esas espirales que veía permitían a los Seres Supremos estar en contacto con los miles de universos, debido a la velocidad extraordinaria con que permitían desplazar seres o productos.

—Nosotros, los Roxlendi —me explicó— somos súbditos de los Seres Supremos y no tenemos ni voz ni voto con ellos y nunca vimos cómo realmente son físicamente. Tú, si pasas la prueba, serás testigo de cómo y por qué ellos son dueños y señores de los universos. La persona que vas a conocer dentro de poco va a lucir como un ser humano, él nos dirá por dónde tendremos que seguir para nuestra siguiente aventura.

En ese momento se abrió la puerta del túnel y frente a nosotros apareció un señor muy elegante, luciendo un traje gris claro que contrastaba con su piel negra.

—¡Nunca lo hemos visto antes! —exclamó Zampanò, mirando al ser que caminaba hacia nosotros— Por lo menos con esa imagen, y seguramente se va a dirigir a ti…

—¿Cómo quieres que te llame: ¿Coco o Federico? —me preguntó el hombre de traje gris.

—¡Federico! —respondí.

—Te felicito: tu primera prueba con la princesa fue todo un éxito, pero la segunda prueba va a ser más complicada. Se trata de ir a África del Sur a comprar oro para los talleres donde componen los cuerpos de la civilización de Gelsomina. El problema es que ellos ya saben que somos grandes compradores de ese metal precioso y nos dan precios fuera de toda lógica y tú tendrás que ver la forma de que te lo vendan como si fueras un cliente nuevo.

Hasta ese momento no había tenido tiempo de analizar el hecho de que me acordaba de todo mi pasado y que lo que los coordinadores me habían dicho ("Pregunta todo lo que quieras porque al terminar nuestro encuentro no te vas a acordar de nada de tu pasado en la Tierra") no era verdad en mi caso. En ese momento me surgió la duda de si eso jugaría a mi favor o en mi contra.

—Y tú, ¿cómo quieres que te llame? —pregunté al enviado de los Seres Supremos.

 —Ponme tú un nombre.

—Tú eres Benvenuto —dije rápidamente.

En ese momento, mis dos acompañantes se transformaron en negros y Benvenuto nos invitó a entrar en el túnel por donde había venido. Una vez allí, entramos en la serpentina que venía del universo. Nos sentamos y yo, por lo menos, perdí el conocimiento como si me hubiesen dado una anestesia general. Cuando desperté, estábamos todos en la selva africana, cerca de una mina de oro muy antigua, donde los mineros empujaban unos carros sobre rieles llenos de una tierra arcillosa que terminaba en las manos de otros mineros que sostenían coladores de varios tamaños. A estos los supervisaban personas armadas de rifles y me imaginé que eran guardias encargados de vigilar que no les robaran el oro.

Al acercarnos, uno de los guardias nos hizo parar y preguntó qué queríamos y de dónde veníamos. Yo ya no lucía como un perro.

—Venimos a comprar oro: ¿nos puede acompañar a donde lo venden? —le dije al guardia, con voz segura.

El guardia fue a consultar con otro y, aprovechando que no nos podían escuchar, le pregunté a Benvenuto en qué año estábamos… "1780", dijo, "y entre nosotros hablamos un dialecto que usan unas tribus de este continente".

Al volver, el guardia nos dijo que tendríamos que ir la cuidad de Johannesburgo y presentarnos al Banco de Inglaterra. En ese momento entré en acción y le dije al guardia que nuestros socios nos vendrían a buscar esa misma noche.

Mientras eso sucedía, Gelsomina y Zampanò, nuevamente invisibles, fueron a inspeccionar que el oro fuera del quilate necesario, requisito indispensable para fabricar las partes de los cuerpos de su civilización.

En cuanto terminaron su inspección, nos empezamos a alejar de la mina y volamos invisibles hasta la ciudad. Para ellos, que venían haciendo esas cosas desde hacía miles de años, era pan de cada día; pero para mí era la primera vez que volvía al pasado y estaba emocionado: ¡eso que yo estaba presenciando había sucedido 156 años antes de mi nacimiento terrenal!

Apenas llegamos, entramos al banco. Quedé deslumbrado: era realmente una cosa majestuosa, los techos estaban cubiertos de enormes decorados al estilo típicamente inglés y me costó separar la vista de ellos. Cuando miré a mis tres acompañantes, vi que ya no eran negros: se habían trasformado en blancos como si fuesen escoceses.

—¿Cómo luzco yo? —le pregunté a Gelsomina.

—Tú eres el mismo que cuando vivías en la Tierra —no te han cambiado porque tu cara inspira confianza y, además, saben lo bien que te desempeñas con las personas importantes. Recuerda que ahora es tu momento, esta va a ser tu segunda prueba para ver si te toman en el universo de los Seres Supremos.

Seguidamente, un empleado nos preguntó en qué nos podría ser útil su banco y yo respondí que queríamos comprar oro extraído de una mina que era de su propiedad.

—¿Cuánto comprarían? —preguntó.

—¿Mil quilos al mes? —respondí.

Al oír la cantidad su cara se transfiguró y repitió con voz un poco más aguda:

—¿MIL QUILOS AL MES? Para esa cantidad necesito que hablen con el gerente general…

El hombre sacó una libretita de uno de los bolsillos de su chaqueta y empezó a escribir quienes éramos nosotros…

—Nosotros somos fabricantes de joyas al por mayor en los Estados Unidos de Norte América, con muchas vinculaciones con Sur América —dije con absoluta tranquilidad.

Me inventé nuestros nombres y el empleado nos hizo pasar a un salón de estar.

Lo curioso fue que, sin pensarlo, a Gelsomina la hice pasar por mi esposa, o sea, Gelsomina Padovan y mis dos acompañantes hombres, Zampanò y el enviado de los Seres Supremos, se reían de mí. Este último prometió investigar por qué ninguno de la raza de Gelsomina había ido al universo que lo dominaba todo, pero Zampanò dijo que debía ser por la poca inventiva e inteligencia.

—¿Recuerdas —dije— que me has dicho que ustedes desaparecerían cuando la Tierra eventualmente sea quemada por el Sol, porque algunos de ustedes no tienen que ser salvados por sus Creadores, los Seres Supremos?

—Lo que dices tiene sentido… —dijo Benvenuto— Voy a dialogar con los compañeros que vigilan todo lo que sucede en la Tierra.

La cara de Gelsomina, para esta ocasión rubia y muy linda, se ilumino de alegría.

Un señor muy elegante, con grandes bigotes y barba, entró en el cuarto.

—I am Peter Cullingan.

¡Era nada menos que el gerente general del Banco de Inglaterra en África del Sur! Nos hizo pasar a su oficina y, después de que yo le expliqué el motivo de nuestra visita, nos dijo que esa cantidad era imposible, por lo menos por el periodo de 12 meses.

Lo que sucedía, explicó, era que desde que habían abierto varias minas de oro y diamantes la demanda mundial había resultado increíble, pero las inversiones para abrir nuevas minas eran demasiado importantes.

—Imagínese que tuvimos que ir hasta el oeste de América del Norte para reclutar mineros con experiencia y trasladarlos hasta aquí con sus familias —dijo apoyando la espalda en el sillón—. Para darles esa cantidad, necesitamos que ustedes, con las vinculaciones que tengan en sus respectivos países, nos consigan contratos de exclusividad para Sudáfrica, no importando de qué mercadería se trate…

En ese momento, y debido que yo había vivido 156 años más tarde, sabía perfectamente lo que podía interesarles, pero lo difícil para mí era no ofrecerles cosas que estarían de moda en varios países mucho más adelante.

—¿Ustedes saben lo que es el fútbol? —pregunté.

—No… no tengo conocimiento de eso —respondió.

Entonces le expliqué que, en mi opinión, ese deporte se convertiría en algo mundial y muy grande, pero que él tenía que ganarle de mano a muchos otros en Inglaterra y lograr la exclusividad para toda África. Me preguntó si yo me encargaría de representar a su compañía en esa gestión y, lógicamente, dije que sí.

—Siempre tratándose de deporte —le expliqué—, encontrándome en Inglaterra podría tratar de que le den la exclusividad de otro juego: el cricket. Pero, además, mis socios podrían enviarles carne de vaca procesada que lleva el nombre de "tasajo" y sería una comida perfecta para los mineros y el pueblo en general. Esa comida vendría de un país llamado Uruguay. El mismo país le podría suministrar lana, y otro país, llamado Chile, también de Sudamérica, le podría suministrar los materiales y la maquinaria necesarios para ser usados en las minas. En fin Sr. Cullingan —rematé–, hay una infinidad de productos que le podrían interesar y que solo usted, que conoce este mercado, puede seleccionar.

"Mientras nosotros volvemos a los diferentes países a organizarle todo lo que he expuesto —apuré, sin darle tiempo a pensar demasiado—, necesitaría que nos firme un contrato de por lo menos tres meses de suministro de oro. De otra forma tendríamos que ver otras opciones y, tenga en cuenta de que de nuestro éxito comprando oro dependen más de mil personas y sus familias, dedicadas a su procesamiento."

Cullingan inmediatamente nos aseguró cuatro mil kilos de oro a ser entregados en partidas de mil kilos al mes en los próximos cuatro meses; el pago lo haríamos en la sede central del Banco en Londres, usando cartas de crédito irrevocables.

Mis acompañantes, vía telepatía, me daban el okay de lo que yo me estaba inventando.

Durante la conversación con este señor, llamó mi atención un dibujo en blanco y negro que representaba una hermosa mujer y tres niños muy jóvenes.

—¿Es esta es su hija con sus nietos —pregunté.

Por su cara vi que mi pregunta no le había gustado.

—Es mi esposa, y estos pequeños son mis hijos… —respondió educadamente—efectivamente, soy un esposo y un padre viejo.

Cullingan parecía un sesentón, muy gordo y se le veía como un gran fumador. Zampanò, en un español perfecto, me dijo que le explicara que los últimos estudios mostraban los peligros de la obesidad, el alcohol y el fumar. Le traduje el mensaje al Sr. Cullingan y, por suerte, se mostró muy interesado en estos estudios porque a él le faltaba el aliento al mínimo esfuerzo que hiciera jugando con sus hijos.

Le prometí enviarle mucha información sobre el tema y, mientras tanto, le sugerí que se moderara en el alcohol, cigarros y que comiera muy pocos alimentos con grasa. Con gran sorpresa para todos nosotros, se levantó y me dio un fuerte abrazo. Mientras esto sucedía, el enviado de los Seres Supremos me dijo: "Federico, te has salvado, porque casi echas todo a perder".

"Al revés, ese fue mi broche de oro para ganar su confianza", le contesté."

El problema, en ese momento, era hacer tiempo para ir a Londres y volver a ver al gerente. Debido que nosotros podíamos estar en Londres en fracciones de segundos, tendríamos que hipnotizar al Sr. Cullingan y hacerle creer que habían pasado por lo menos dos meses. "Muy complicado", dijo Zampanò.

Entonces propuse que fuésemos a Uruguay, Argentina y Chile a conseguir las representaciones para el Sr. Cullingan.

Al salir del Banco, nos hicimos invisibles y, en ese momento, Benvenuto me preguntó:

—Tú le has dicho a Gelsomina algo sobre la felicidad de los pueblos… ¿me lo podrías repetir?

—Sí, cómo no… —respondí— Dije que la raza de Gelsomina, al ser eterna, no tiene historia porque en ella nada ha cambiado en millones de años. Por lo tanto, al no tener historia esto los hace felices. Ellos son buenos y honestos, mientras que los humanos tienen grandes cambios generacionales en cada siglo y esto hace que siempre tengan peleas, odios, que nunca se entiendan y, por lo tanto, el ser humano no es feliz… Nunca es feliz, salvo una minoría que se retira en las montañas a meditar. Además, tú, que eres el enviado de los Seres Supremos, tienes que saber que nosotros de una forma u otra nacimos para sufrir. Todo es sufrimiento, aunque tengas dinero y poder. Nosotros vivimos con el miedo a que te roben o a que te maten los propios seres humanos o las enfermedades. Todas nuestras acciones están basadas en el bien o en el mal, las leyes nos persiguen constantemente y, para vivir, nos endeudamos y cada treinta días tenemos que pagar las cuentas: si no puedes pagarlas, te metes en problemas serios.

"Dime, enviado Benvenuto, tú estas cosas las tienes que saber mejor que yo, porque eres parte del sistema que nos rige.

—Los humanos evolucionan constantemente —respondió—, pero sobre la base de que cada generación es el "conejito de indias" para las generaciones a venir. Los desastres naturales causados por vientos, tornados, huracanes, terremotos, fuegos, volcanes etc. hacen estragos de todo tipo…

–Personalmente, creo que los encargados de vigilar a los humanos desde el universo de ustedes han logrado algo espectacular, en cuanto a la perfección de cómo somos nosotros; tanto es así que hasta de muertos somos necesarios para ayudar a que los viven mediante una caja de relojería — como Gelsomina y Zampanò— tengan oro para reemplazar sus partes averiadas y ser eternos.

En ese momento me di cuenta de que, según los coordinadores, yo no tendría que acordarme de mi pasado.

—Es curioso, pero, aunque me acuerde de la vida en la Tierra, en general… ¡no recuerdo nada de lo personal que yo viví o cómo lo viví! —agregué, para no despertar sospechas— ¿Por qué, tú que eres el enviado, no me explicas?

—Ten paciencia, tú lo sabrás todo solo si logras pasar estas pruebas y unirte a nuestros creadores. —respondió. Y continuó diciendo—: Yo vengo de ser un ser humano y pasé por lo mismo que tú estás pasando. En la vida fui uno de tus amigos y la razón por la que estoy aquí es para protegerte.

Me di cuenta de que mis dos acompañantes no habían entendido nada. ¿Eso quería decir que había cosas que el enviado no les quería decir? Además, ¡a mis dos acompañantes los veía muy sumisos frente a él!

Como siempre, al no tener nosotros ni espacio ni tiempo mientras teníamos esas conversaciones, llegamos a Montevideo, en Uruguay, rápidamente, para empezar a conseguir las representaciones para el Sr. Cullingan. Luego seguiríamos a Argentina, Brasil, y Chile, lugar donde encontraríamos muchas posibilidades para el suministro de maquinaria para trabajar las minas. El enviado Benvenuto me explicó que los creadores podrían hacer llegar todo lo que quisieran desde su universo, pero como lo habían hecho ya tantas veces, los humanos empezaron a sospechar que había extraterrestres o personas que venían del pasado o del futuro; entonces, los coordinadores nos habían aconsejado hacer las cosas de la manera más auténtica posible. En nuestro caso, era dejar pasar el tiempo terrestre necesario —unos tres meses—

para que el Sr. Cullingan no sospechara nada. El transporte, en ese momento, era solo por barco.

El enviado me explicó que, en el universo donde viven los Seres Supremos, a lo largo de milenios, los encargados de controlar a los terrestres se habían descuidado en muchas ocasiones, haciendo que los humanos empezaran a dibujar naves espaciales y, poco a poco, tomaron vida los que los terrestres llamamos UFO. También los Roxlendi fueron vistos duchándose en cascadas, enfriándose, porque no tuvieron el cuidado suficiente de volverse completamente invisibles. Eso me explicó muchas preguntas que me había hecho cuando vivía en la Tierra.

Una vez recogidas todas las informaciones, volvimos a encontrar al Sr. Cullingan y pudimos concretar la compra a largo plazo del oro que los Roxlendi necesitaban.

El enviado Benvenuto me comunicó que lo Seres Supremos habían apreciado la forma en la que yo me había movido en esta segunda prueba. Se despidió de mí, pero prometió que nos encontraríamos varias veces.

En cuanto desapareció, me di cuenta de que —poco a poco— yo veía a mis acompañantes de abajo hacia arriba… ¡Uou! ¡Me estaba transformando en perrita nuevamente!

—¿Qué me pasa, Zampanò? —pregunté.

—Lo que ocurre es que los enviados cambian tu semblanza, con nosotros siempre serás una mascota.

CAPÍTULO 6

—Vamos a la Playa de las Gemelas a la espera de una nueva misión —dijo Gelsomina—, y te invito a que finalmente duermas en mis brazos en esa roca grande, rodeados de Roxlendi y perros de todo tipo.

Llegamos a una roca grande en el mar, pero frente a la playa, e inmediatamente reconocí al perro en que se había transformado mi amigo Pedro.

Me acerqué él y le dije:

—Pedro, vi a una princesa muy linda, seguramente te hubiese gustado, y pienso que sería una verdadera delicia amarla.

Para mi sorpresa me contestó que la conocía y que para él también había sido su primera misión.

—Una misión medio aburrida pero que casi todos los perritos han hecho. Me voy a dormir —agregó— pero mi corazón estará despierto.

Gelsomina me miraba con esos ojos grandes…

—Tú sabes que yo puedo lucir como lo que los humanos llaman un monstruo…

—Los humanos para ustedes también lucimos como tales —la interrumpí—, así que dejemos de lado nuestras semblanzas. Además, si yo, como perrito, vivo gracias a un mecanismo igual al tuyo, entonces somos de la misma especie.

A medida que le hablaba, ella me apretaba contra de su cuerpo y me quedé dormido. Pero casi enseguida tuve que despertarme, porque el enviado Benvenuto apareció para decirnos que dos niñas se estaban ahogando y que teníamos a ir a rescatarlas. Como en un sueño, vi que estaba en el fondo de un océano cuya población no era de pescados, sino de sirenas y tritones. Gelsomina me llevaba de la mano, ¡y la vi más hermosa que nunca, parecida a una sirena!

—Así es como te quisiera ver siempre —le dije.

—A mí también me gustaría que lucieras siempre como un tritón, así es como quisiera admirarte siempre —respondió.

¿Cómo no me había dado cuenta de mi cambio de imagen? Me distraje pensando en eso cuando escuché los gritos de Gelsomina:

—¡Siento gritos en la superficie del agua! ¡Es nuestro deber ir a investigar!

Con una velocidad increíble, nuestras colas de pescado nos impulsaron hacia arriba y cuando nuestra cabeza salió del agua nos encontramos frente a una roca.

En ella, una mujer gritaba.

—¡Mis dos hijas se cayeron al agua y no volvieron a salir!… ¡Por favor! No sé nadar… ¡hagan algo!

Nos volvimos a hundir y vimos a las dos niñas aparentemente sin vida.

Con Gelsomina, decidimos posarlas en una roca, pero no cerca de la de la madre —teníamos temor de que vieran nuestras colas de pescado— y empezamos a revivirlas.

La primera revivió casi en seguida y la hermanita un poco más tarde. Tendrían unos cinco años y una empezó a llamar a la madre:

—¡Nos salvaron unas sirenas! ¡Mamá, estamos acá con unas sirenas!

En ese momento, Gelsomina se dio cuenta de la gravedad de la situación, porque esa niña había descubierto uno de los secretos que los Seres Supremos no querían revelar a los humanos.

—Gelsomina, este es un sueño: ¿por qué te preocupas tanto? —dije para tranquilizarla.

—No es un sueño, es otra prueba para ti.

Al salir a la superficie, me dijo: "Tengo la obligación de transformarnos". De inmediato nuestro aspecto cambió.

Sujetando las dos niñas, Gelsomina nadó hasta la roca donde estaba la madre, fuera de sí, con los pies y las manos sangrando. La niña seguía gritando: "¡Nos salvaron estas sirenas!".

Apenas pudimos sacar a las niñas del agua, Gelsomina se apresuró a decirle a la madre:

—Señora, ya no se preocupe. porque nosotros la vamos a ayudar hasta que vuelva a su casa. Como puede ver, no somos sirenas, las niñas todavía están en shock.

Mi sorpresa fue grande cuando empecé a recorrer unos caminos de tierra y a mi alrededor no veía señales del mundo que había dejado en el 2031.

Estábamos en una isla en el medio de un océano y, a medida que nos íbamos acercando a la parte habitada veía que se trataba de un centro turístico de los años 50.

La madre nos indicó dónde quedaba su casa y, con las niñas en brazos, llegamos a nuestro destino.

—¿Por qué me siento muy mal? —le pregunté a Gelsomina, apenas dejamos a las niñas en el living de la casa.

—Te sientes mal porque, siendo un Roxlendi, tienes que sumergirte en agua cada poco tiempo. Ya le pregunté a la dueña de la casa si me permitía tomar una ducha antes de irnos y me contestó que con mucho gusto.

Gelsomina les dijo a las tres que la miraran a los ojos y cuando estas la miraron les dijo:

—Ustedes van a creer que en el baño estuvimos pocos minutos.

Hizo un ruido con sus dedos y ellas entraron en trance.

Fuimos a donde la madre de las niñas nos indicó. La ducha estaba en el último piso de la casa, al aire libre, lo cual era un gran problema porque nosotros necesitábamos una bañera. Volvimos a donde estaba la mujer y Gelsomina, muy educadamente, le explicó que no podíamos seguir al aire libre, que nuestra piel estaba muy quemada. La señora nos dio un baño menos exótico, con la tan ansiada bañera. La llenamos de agua y entramos los dos al mismo tiempo para quedarnos por más de una hora.

La pobre madre no tenía idea de que sin nosotros sus niñas habrían muerto… Simplemente estaba convencida de que las habíamos encontrado nadando debajo del agua, hasta que la que nos vio como sirenas le contó que ella se creía muerta y que a su hermanita se la estaba llevando la corriente, ya muerta. Por lo tanto, cuando salimos del baño, llorando nos preguntó si era cierto lo que le habían contado sus hijitas.

—Sí las reanimamos —dijo Gelsomina—, pero reaccionaron enseguida… No estaban clínicamente muertas.

—Pero ustedes lucían como pescados, como sirenas. —Interrumpió la niña.

—Es que teníamos con nosotros muchos corales y seguramente el reflejo del sol debajo del agua hizo que nos vieran diferentes a como somos.

—No —dijo la niña—. ¡En la roca no había reflejos y ustedes eran sirenas!

Gelsomina, con sus grandes ojos, miró a la madre y dijo:

—Es mejor no sacarle la ilusión, por lo tanto, usted, señora, invéntese una historia para que nos recuerde como las sirenas que las salvaron.

Prometieron que las podríamos volver a visitar en el futuro y, al salir de la casa, nos encaminamos hacia la costa. Nos sumergimos y al hacerlo volvimos a ser una sirena y un tritón.

Yo no lo podía creer y mientras estaba pensando en un torbellino de cosas, desperté en los brazos de Gelsomina que todavía dormía pero que se movía mucho.

Pedro, ya despierto, se acercó a nosotros y me dijo:

—Tano, esta noche soñé contigo. Éramos dos tritones en el fondo del mar, y los últimos de esa especie. El gran problema era que, sin nosotros, las sirenas desaparecerían para siempre y fue una experiencia increíble, ¡lástima que fue solo un sueño!

Lo interrumpí diciendo que yo había ido a ese lugar.

—Para mí fue mi tercera misión, pero tú no estabas: ¿crees que eso significa que los Seres Supremos controlan nuestros sueños?

—Seguramente —me respondió—, nos manejan desde su universo y lo que nos hacen hacer, para ellos debe ser como ver una película. Se divierten de esa manera.

—Ustedes, que vienen de la cultura humana, solo se preocupan de "lo apetecible" sexualmente —dijo Gelsomina, a quien creíamos dormida— y ni transformados en perritos con una maquinaria de relojería que los mantiene con vida, su mente deja de pensar "en la carne".

—No es nuestra culpa, sin duda son los Seres Supremos que nos hacen soñar de esa manera, porque estarán haciendo experimentos con nosotros — dijo Pedro muy inteligentemente.

—No creo que sean los Seres Supremos —respondió rápidamente Gelsomina—. Tal vez es algo que traen en sus cajas de energía y que no pueden controlar.

Cuando el sol volvió a nuestras rocas y los Roxlendi volvieron refrescados de las cascadas, Zampanò me puso a prueba retándome a que explicara cuatro palabras usadas por los seres humanos. Me dijo que estábamos en la última prueba y que, si los Seres Supremos aceptaban mis respuestas, podría subir muy pronto a estar con ellos:

—Democracia, belleza, vejez y soledad son las palabras — dijo.

—Democracia es lo que mi padre buscó para él y su familia, apenas terminó la Segunda Guerra Mundial. Buscando la democracia llegó a Uruguay. A ese país sudamericano lo llamaban "Suiza de América". En Italia, esa expresión —Suiza de América— totalmente nueva para mí era lo que mis padres decían a las personas cuando explicaban por qué dejaban "el bel paese".

"En Italia, hasta ese momento, yo, con doce años de edad, había aprendido que la palabra "democracia" representaba algo con más riesgos que los que una democracia verdadera tiene; porque, aunque se hablaba de democracia, en realidad gobernaban los comunistas financiados por Rusia."

"El gobierno de la R. O. U. (República Oriental del Uruguay), en cambio, estaba formado por representantes de varios partidos. Al final de las reuniones dejaban la Casa de Gobierno para ir a comer juntos a un restaurante cercano y se mezclaban con los ciudadanos normales."

"Qué diferencia con Italia donde recuerdo haber sido alejado con mis padres de lugares donde en ese momento atendían solamente a "personas importantes"."

"Símbolo de democracia fue cuando, en las primeras elecciones que presencié, un candidato de apellido Tortorelli prometía instalar en cada esquina de las ciudades de Uruguay un lugar de donde sacar "vino y leche"… ¡¡gratis!! Recuerdo que ese señor no fue electo, pero logró muchos votos."

"Pero poco a poco, esa democracia fue desapareciendo, cuando el dinero ganado con la venta de lana y carne a los gobiernos europeos durante la Segunda Guerra Mundial fue gastado y los políticos se convirtieron en "socialistas", empezaron a prometer de todo y, a la larga, fracasaron ellos y sus promesas."

"En Uruguay aparecieron, en los años sesenta, los famosos Tupamaros que —además de ser muy de izquierda— eran asesinos."

"En 1968, mi padre pronunció sus famosas palabras, "hay que levantar campamento", y seguimos nuestro camino hacia Estados Unidos, esperando finalmente encontrar allí la tan deseada democracia."

—Está bien —dijo Zampanò—, vayamos a la palabra belleza.

—Belleza… Se refiere casi siempre a lo espiritual, físico, panorámico y arquitectónico. Cuando se refiere al alma, tal vez exista, pero realmente no se puede ver. Sin embargo, nosotros, los humanos, de una persona buena decimos que tiene un "alma bella".

"Los teenagers son los que más se detienen a cuidar de su belleza y elegancia, pero no crean ataduras con el mundo.

"Algunas poesías y algunas canciones son consideradas bellas.

"La primera sensación de belleza, cuando aún no sabía su significado, la experimenté mirando a mi madre… Siendo yo muy chico, la miraba y sentía esa sensación de placer que se tiene el contemplar algo bello."

"En ese momento, otra vez me interrumpió Zampanò, diciéndome que fuera a la palabra vejez."

—Vejez es la edad de la fragilidad y dicen que uno es viejo cuando ya no produce; pero el viejo es un ejemplo para todas las edades porque la vida del viejo tiene mucho sentido.

"Los viejos no son vistos muy bien por los jóvenes."

"Los viejos tienden a decir que ellos son como los capítulos finales de los libros: que son siempre los mejores."

"Los viejos dicen ser frágiles como un huevo que, a su vez, bate todos los récords de fragilidad."

"En la vejez te das cuenta de que, al final, no eres dueño de nada. Has visto morir a muchos amigos ricos, algunos con automóviles antiguos o muy deportivos, joyas de la mecánica que cuando ellos mueren pasan a manos de los hijos o de los nietos, quienes los destruyen muy rápidamente. Algunos dejaron comercios, fábricas o edificios muy importantes que sus herederos se apuraron en vender para usar el dinero obtenido para satisfacer sus sueños frustrados."

"Debido al avance de la tecnología, la mayoría de los viejos quedan atrasados tecnológicamente frente a sus hijos y, especialmente, frente a sus nietos. Así, solo pueden dejar a sus familiares más jóvenes anécdotas del pasado que muy pocas veces les interesan."

"El viejo, a lo largo de los años, aprende que el único momento en el cual todos los seres humanos son solidarios entre sí es cuando se sienten amenazados por una gran catástrofe como un huracán, epidemias, terremoto y aluviones, por citar algunas. El resto del tiempo los amigos dejan de serlo por motivos políticos y religiosos o de salud y muchos terminan solos y sin amigos.

"Lo que une a los viejos es "la enfermedad de ser viejos", lo que significa tener dolores de piernas, escuchar menos o nada y ver poco o casi nada.

"Para terminar, mi definición de viejo es que "para no ser tan viejo, no tengo amigos viejos". Es la única forma de no tener que escuchar los cuentos de doctores, enfermedades, medicinas, hospitales y, por sobre todas las cosas, ¡no me entero de quién se ha muerto!… Me olvidaba: ¡¡tampoco voy a hospitales, velorios o entierros!!

Nuevamente Zampanò me dijo que estaba bien, pero que agregara la palabra soledad.

—La Soledad… no es negativa, es positiva y abre nuevos horizontes para ti y para otros.

"Existe una eterna soledad, comparable a cuando miras por una ventana al infinito del cielo.

"La soledad da coraje, hace que te des cuenta de que las personas de cierta edad tienen derecho de hablar y tomas conciencia de que algunas de tus palabras han sido escuchadas. De esa forma, sientes que tus palabras se transforman, como las piedras que sostienen un puente; o sea, tus palabras se unen unas a las otras.

"Por último, la soledad te hace ver las cosas como si estuviesen iluminadas, especialmente si uno se refugia en la música y, a través de ella, la soledad desaparece dando lugar a una visión diferente que penetra en lo espiritual, proporcionando una emoción que ningún ser humano te puede dar."

"La música que más ha impresionado mi soledad fue escrita por el compositor italiano Ennio Morricone para el film The

Mission y logró transportarme desde el comienzo de un nuevo mundo, el descubrimiento de América, hasta el infinito, haciendo que me sintiera acompañado por las estrellas del universo.”

Zampanò intervino nuevamente…

—Me dicen desde allá arriba que te pregunte —y la respuesta tiene que ser muy breve— qué es la libertad para ti.

—Libertad no es estar en la cima de una montaña… —respondí— No es un pájaro que vuela… Libertad es participar.

Me callé porque tuve la sensación de que algo grande estaba por suceder.

—¿Será posible —pregunté— que, estando nosotros en una roca sobre el mar, nos estemos viendo casi cara a cara con la eternidad, cuya soledad, misterio e inmensidad son aquello donde todo comienza y a lo cual todo vuelve?

La eternidad nos llamaba.

Pedro no podía creer que seguiríamos juntos y su cola de perro momentáneo se movía como un ventilador….

Sin darnos cuenta, nos encontramos nuevamente frente a las puertas de los coordinadores. Al lado de Pedro estaba la archiconocida “vieja”, María del Pilar, que había sido su ángel de la guardia.

Las puertas se abrieron y frente a nosotros aparecieron dos sillas muy grandes y suntuosas. En la de la derecha estaba la misma mujer que me había recibido cuando fui transformado de mi caja de energía en la perrita Coco; a la izquierda había un hombre totalmente desconocido para mí.

—Soy el encargado de devolver la caja de energía a los que fueron transformados en mascotas y a mí me puedes hacer todas las preguntas que quieras —dijo.

—Nunca entendí muy bien por qué he sido elegido para formar parte del universo que lo maneja todo —le pregunté.

—A ti se te atribuyen muchas cosas no comunes en los seres humanos. Un ejemplo de eso es que, antes de que vinieran a este mundo, ya les habías asegurado a tus hijos, en su mente, que les darías amor, mucho amor… y así lo cumpliste hasta el final. Y, como pocas personas saben hacerlo, lograste superar muchos años de soledad afectiva sin una compañera… por eso te dejamos la presencia de tu hijo que se fue de tu casa ya pasados los 30.

"En algunos momentos de tu vida, contradiciendo sin saberlo a los Seres Supremos, en forma simbólica llevabas en tu frente un letrero que decía "Busco", lo cual tenía como significado que buscabas a alguien que no huyera a la primera dificultad, a alguien que simplemente te aceptara porque eras tú y no a alguien que si no te hubiese tenido a ti entonces habría buscado a otro. Por el contrario, querías a alguien que no quisiera a otro, porque ese "otro" no eras tú."

"¡Tú has heredado eso de tus padres, que fueron un verdadero ejemplo de amor puro! Recuerda esta frase para que tu sorpresa no sea tan grande cuando llegues a tu destino final."

"De tu madre heredaste la convicción de que "querer es poder", que mantuviste toda tu vida. A los Seres Supremos le gustó lo que predicaste sobre el suicidio… Tú decías a las personas que "el suicidio es una solución permanente a un mal temporario" y predicaste toda tu vida que "solo mirando a la naturaleza vale la pena vivir"."

"Decías que la libertad no es ni el espacio libre ni volar, sino participar. Toda tu vida has participado en las comunidades en las que has vivido, trayendo alegría en los desfiles patrióticos a los conciudadanos que compartieron el momento que les tocó vivir juntos."

"Otras cosas que les gustaron de ti fueron:
Tu inquietud, por las innumerables cosas que cambiaste.
La ambición, por la cual mejoraste constantemente.
La pasión que has puesto en los proyectos que hiciste.
Que el cansancio siempre te hiciera trabajar el cerebro a mil por hora.
Querer es poder, gran herencia que te dejó tu madre.

El amor por los animales que te dio tanta felicidad.

Bajo cualquier tipo de presión, nunca has dejado de ser tú mismo.

Fuiste lo que elegiste ser y no un producto de lo que te ocurrió."

"Los Seres Supremos te pusieron a prueba miles de veces. Ellos eligieron el momento en el que deberías nacer y te llevaron de un mundo en blanco y negro, como la Segunda Guerra Mundial, a un mundo de total tecnicolor y de tecnología en el cual has muerto. Te han convertido en una de las pocas personas de tu generación que hicieron tantas cosas diferentes en un abrir y cerrar de ojos, que fueron los 95 años que duró tu aventura. Han elegido cuidadosamente los lugares donde viviste, porque para tener la oportunidad de subir con ellos tenías que demostrar capacidad de adaptación. Y has demostrado una capacidad de adaptación fuera de lo común, especialmente en cuanto a los cambios del transporte que viviste: desde los carros tirados por caballos hasta los cohetes que te llevarán a los Seres Supremos."

"Tu nuevo mundo no es como el de la Tierra, donde las personas son extrañas porque antes se aman y después se odian, con cambios de ideas repentinos. La gente es infeliz, tal vez por estar insatisfecha, por seguir al resto ciegamente y porque cuando la moda cambia, ellos también cambian. La gente está sola y busca ser consolada perdiéndose en conjeturas y miedos inútiles."

"¿Estas satisfecho?" —preguntó— "¿Ahora podemos pasar adonde te devolverán tu caja de energía?"

—Tengo una última pregunta y es dónde está mi gran amigo Pedro.

—Estaba aquí, pero ahora le harán lo mismo que a ti, aunque en el lugar donde ha muerto. Lo reencontrarás cuando estés en camino al otro universo.

—Sí, gracias —contesté y seguí a la señora que ya conocía, hacia el cuarto en el que había estado antes.

Allí, en pocos segundos, de la cabeza de Coco salió toda mi energía de la misma forma en que había entrado, y la perrita quedó tendida en el suelo como muerta. Pero rápidamente se iluminó una pantalla y vi que Coco saltaba y corría contenta. La señora me invitó a salir del cuarto por una puerta que no era por la cual había entrado.

Gelsomina y Zampanò me estaban esperando y este último me dijo:

—Te vamos a llevar al mismo lugar donde nos conocimos y de allí te irás con los Seres Supremos.

Mientras volábamos sobre las aguas del Golfo de México, desde los Guachimontones a Key Biscayne, Zampanò me dio instrucciones precisas de qué hacer con mi caja de energía.

Llegamos a destino y no podía creer lo que veía.

Yo estaba caminando a pocos metros de mi banco con la ayuda de mis hijos.

Eso quería decir que todo lo que conté en todas las últimas páginas de este libro había ocurrido en minutos de tiempo terrenal.

La caja en la cual estaba mi energía volvió a mi cuerpo y en pocos segundos reviví y sentí todos los dolores nuevamente, pero mis hijos no se dieron cuenta de nada.

Les pedí que me llevaran al banco nuevamente. Los hice sentar al lado mío y, de acuerdo a las instrucciones recibidas por Gelsomina, muy suavemente, pero con voz firme les dije lo que sería mi despedida final.

—Hijos míos, ustedes saben que en la vida hay que ser felices con lo que tienen… En cuanto a mí, soy la persona más feliz del mundo con lo que me espera en este momento. Estoy por morir, pero tengo la suerte de saberlo y soy muy afortunado de tenerlos a ustedes a mi lado. Agradezco a la vida que me ha dado tanto.

"En este momento ustedes están pensando que estoy delirando porque no quieren aceptar que me voy; pero no, les aseguro y les pido que me crean, este es el momento de más lucidez que jamás he tenido. Es por esta claridad mental que quiero dejarles un mensaje y ustedes verán cómo interpretarlo."

"Desde que fui picado por las hormigas rojas, partí en un viaje que un escritor explicaría en muchas páginas de un libro y que, sin embargo, en el tiempo de ustedes fueron solo pocos minutos."

"Muy pronto emprenderé mi viaje final hacia la eternidad del universo y eso no me va a permitir estar con ustedes hasta que se vuelvan a unir a mí cuando sus tiempos terrenales se les terminen."

"No me volverán a ver, pero les prometo mandarles señales que, bien interpretadas, les harán recordar este momento."

"Como les expliqué, mi cuerpo ya no puede ser usado, está plagado de dolores, pero lo que me espera al salir de él es algo que no todos los seres humanos logran… Mírenme bien: ¿cómo explican que hace unos minutos ustedes arrastraban mi cuerpo y ahora parece que estoy en perfectas condiciones?"

"Estoy por dejarlos, hijos de mi alma, porque “ellos” me están esperando para llevarme a mi nueva vida. Miren hacia el océano y usen la imaginación… y recuerden que la vida en esta Tierra es un paso, pero la amistad es como un hilo de oro: la infancia pasa a la juventud, sigue la vejez que la reemplaza y la muerte te lleva. La más bella flor pierde su belleza, pero una amistad fiel dura una eternidad y es por eso que pronto me voy a reencontrar con Pedro, mi amigo."

"Déjenme ir solo hacia el mar y cuando “ellos” se hagan cargo de mí les dejaré mi cuerpo; ustedes ya saben qué hacer con él."

"Los abracé con fuerza y, con un caminar que ellos no habían visto en mí por años, me fui hacia el borde del océano. Una vez allí miré al cielo detenidamente y solo en ese momento le dije a mi caja de energía que quería salir de mi cuerpo definitivamente."

Gelsomina me esperaba llorando junto con Benvenuto, el enviado de los Seres Supremos y, por supuesto, Zampanò.

Le pregunté a Gelsomina por qué lloraba y me contestó que era por el sufrimiento de mis hijos. Agregó que, mientras esperábamos la llegada de las espirales que me llevarían a los túneles para conectar con la nave espacial, ella quería dejarle a cada uno un recuerdo que a su vez sería mi primera señal desde mi partida.

Volamos al dormitorio de Fredy y después al de Paola y en cada uno, sobre las almohadas, ella depositó una rosa roja. Lógicamente, eran espectaculares.

—Pobres hijos míos —pensé en mi caja de energía—, ¡qué sorpresa se llevarán!

Todo eso sucedió en una fracción de segundo terrenal.

Nuevamente estábamos en frente al mar y Zampanò, nervioso, miraba hacia el cielo. Finalmente nos dijo que las espirales de la nave supersónica que nos llevaría con los Seres Supremos estaban a muchas millas de la Tierra y que tendríamos que volar hasta ellas; él estaría atento a las señales que estas emitirían.

Mientras esta conversación sucedía, yo miraba mi cuerpo apoyado en el suelo y a mis hijos, que estaban corriendo hacia él. Mi caja de energía podía ver todo muy claro y me daba cuenta del sufrimiento que tenían en sus caras. Fue en ese momento que Gelsomina me dijo:

—Mira tus manos y verás que hay una rosa roja como las que van a encontrar en sus casas y va a ser la primera señal que tú le has mandado.

Dependería de los Seres Supremos lo que podrían interpretar de esa misteriosa prueba de las rosas. Mis hijos habían llegado a mi cuerpo y estaban a pocos metros de donde yo estaba, se miraban incrédulos, sin entender cómo mis manos tenían una rosa si, cuando había caminado hacia el mar, yo no tenía nada.

Noté que mi hijo miraba hacia el cielo continuamente como si presintiera algo y en ese momento Gelsomina dijo que imaginaba lo que yo había sentido al dejarlos para siempre en la vida terrenal. Tal vez con el deseo de seguir conectado con ellos, pregunté si ella conocía a los ángeles de la guardia de mis hijos.

—Si quieres, los hago venir a conocerte, porque en este momento tan difícil para tus hijos ellos están acompañados por sus ángeles.

—¡Por supuesto que los quiero conocer! —dije y, como por arte de magia, aparecieron allí, en frente mío.

Eran de la raza de Gelsomina y los veía tal cual eran: los humanos los llamarían monstruos, pero yo veía una mujer y un hombre. El hombre cuidaba a Fredy, que ya había cumplido 47 años, y la mujer cuidaba a Paola que tenía 65 años. Ambos me dijeron que mis hijos podían tener chance de ser elegidos para ir a reencontrarse conmigo cuando llegara su momento de morir. Ellos ya habían enviado muchas recomendaciones al equipo de los Seres Supremos que se encarga de seleccionar a los candidatos terrestres con chances para subir donde ellos.

—Tu hijo es un alma pura y buena y ha ayudado a cientos de jóvenes a encontrar su futuro, además, cada persona que lo ha conocido ha sentido algo diferente que va más allá de un simple "mucho gusto".

—Tu hija —dijo el otro ángel de la guardia— ha sido toda su vida una persona dedicada a sus comunidades como lo has sido tú y una madre muy sacrificada con sus hijos, al punto de adoptarlos de un país difícil como lo es Rusia. Como tú, los dos tuvieron la suerte de nacer en familias buenas.

Después de felicitarme por irme en esa aventura que duraría toda la eternidad, porque a donde iría nunca habrá el fin de los tiempos, me prometieron cuidar de ellos como Gelsomina lo había hecho conmigo.

Finalmente llegó el momento, porque a una gran altura que los ojos de los radares de los humanos no pueden detectar, nos estaban esperando las espirales En esos momentos, los pensamientos que tenía mi caja de energía fueron turbados porque Gelsomina estaría sufriendo por dejarme. Estábamos juntos y volando una vez más, le pedí que me mirara y le prometí que haría todo lo posible, en el caso de que los Seres Supremos dejaran subir un Roxlendi, para que fuera ella.

No fue menos emotiva la despedida con Zampanò, al cual agradecí lo mucho que había hecho por mí.

Al llegar al túnel me di vuelta y por última vez mi caja de energía se despidió de mis dos amigos.

Aparentemente, teníamos que subir al mundo de los Seres Supremos con nuestras apariencias originales.

Durante mi estadía en el túnel volví a lucir como cuando tenía veinte años. Frente a mí, apareció una nave espacial enorme que lucía como una manta raya y fui acompañado a una pequeña cabina en la cual solamente había una cama parecida a las que usamos en la Tierra para broncearnos, pero con una tapa plástica transparente. Pensé que era así porque al volvernos nuevamente humanos eso nos permitiría respirar.

Cuántas dudas, cuántas curiosidades pasaban por mi mente, especialmente me preguntaba si podría volver a ver a mis hijos, a Zampanò y a Gelsomina, y esa sería una de las primeras preguntas que haría a los que me recibieran cuando llegase a destino.

El que nos acomodaba no se parecía en nada a algo que hubiera visto, ni siquiera en dibujos futuristas. ¡De una profesionalidad nunca vista, con la mirada transmitía un gran respeto hacia nosotros, pero a su vez mantenía el control total de lo que estaba ocurriendo!

Mis ojos, incrédulos, vieron una sala de espera enorme, llena de seres que parecían seres vivos porque caminaban, pero que lucían como si cada uno viniera de un mundo diferente. Ninguno de esos seres se parecía a nosotros, los humanos.

En ese momento, vino a vernos el que nos recibió a nuestra llegada y, con voz firme y convincente, nos dijo que no nos preocupáramos por tantos seres diferentes. Al llegar a nuestro destino, todos los que habitaríamos el mundo de los Seres Supremos seríamos definitivamente transformados en seres similares. Luego nos explicó que, tal como había sucedido en nuestros encuentros con los coordinadores que encontramos en las Pirámides Redondas, íbamos a poder preguntar lo que quisiéramos, e inclusive podríamos elegir el o la que nos acompañaría para compartir la eternidad.

Sobre el viaje, dijo lo siguiente:

—Es muy largo, pero para ustedes será como una larga noche en que uno simplemente duerme. Será el equivalente a diez años terrestres.

Eso me preocupó, porque en ese lapso mis hijos habrían envejecido mucho. Pero el guía dijo prontamente que, aunque era difícil de entender, los diez años terrenales estaban solo vinculados a la duración del viaje y que los terrestres no sufrirán envejecimiento alguno.

—Le voy a traer a su amigo Pedro que ya está en esta nave hace un tiempo —dijo de pronto, mirándome con cierto afecto.

Casi enseguida, luciendo como cuando conquistábamos las primeras novias, Pedro entró en mi cuarto. Me contó que se alegraba enormemente de verme y que creía que esta era la última parada antes de subir. Estaba muy confundido sobre los diez años de tiempo terrenal mientras llegáramos a nuestro destino, tiempo en el que nuestros hijos no envejecerían. Yo tampoco había entendido nada, pero me imaginaba que era una ecuación entre el espacio y el tiempo.

—Pedro, tú que has estado ahí afuera, ¿has visto cosas interesantes?

—Bueno, al igual que aquí, alrededor de ese centro hay varias cápsulas para albergar a esas criaturas que provienen de todas las civilizaciones que hay en el universo y que merecieron, al igual que nosotros, ir a formar parte del mundo de los Seres Supremos. Algunas de las cabinas son más grandes que otras y la mía es como la tuya, exactamente igual y queda del otro lado de este centro de la nave que está totalmente vacío de sillas, mesas o butacas. Por supuesto, aquí no venden nada ni de comer ni recuerdos… Mientras me contaba esto, en la cúpula de este centro aparecieron escritas en todos los idiomas informaciones sobre las diferentes cabinas. Era hora de que cada uno fuera al lugar que tenía asignado.

Me acosté y casi enseguida se iluminó una pantalla donde apareció una mujer que me dijo que era parte del comité de recepción de los nuevos llegados.

—Sé que no has entendido cómo funciona lo que hemos dicho relacionado a que este viaje es el equivalente en tiempo a diez años en la Tierra.

"Los Seres Supremos establecieron que mientras tú y los demás terrestres estén transitando hacia su universo, la Tierra retroceda en su rotación sin que los seres vivientes que la habitan envejezcan. Sin embargo, eso causa grandes cambios en el tiempo y por eso suceden terremotos, huracanes, grandes vientos, etc. A esa rotación, nosotros la llamamos "sub negativa"."

"En esta presentación, todos los habitantes de esta nave podrán aprender lo que les espera. Cada tanto, podrán apreciar visualmente la distancia que nos va separando de la Tierra y verán que la misma desaparecerá de nuestra vista muy pronto. Pero, a medida que avanzamos, veremos otros planetas similares a la Tierra, que los astrólogos de ustedes están a miles de años de poder descubrir. Todos los planetas están poblados por civilizaciones diferentes, y en todos ellos los Seres Supremos dan la oportunidad de que una élite logre, después de muerta, tener la misma oportunidad que tú tienes en este momento."

"Te programaron desde el día en que naciste, te permitieron ver el final de la época donde el ser humano era muy pobre y todo era blanco y negro, los inviernos eran muy fríos ocho meses al año… Poco a poco has visto la evolución que solo tu generación ha presenciado y terminaste tus días en un lugar con muy buen clima. Los Seres Supremos te hicieron vivir una vida muy balanceada. Para llegar a ti todo fue programado seleccionando otros seres humanos muchos siglos antes de tu nacimiento, para que tus padres, al final de esas selecciones, se pudiesen encontrar y que tú nacieras. ¡Y así naciste en una familia buena… muy buena!"

"Lo que vas a encontrar, una vez que llegues a tu destino, es un universo de paz, armonía y perfecto para vivir eternamente. Entonces entenderás por qué ninguna fantasía, ninguna mente humana, fue capaz de imaginar el universo de los Seres Supremos."

"¡BUEN VIAJE, ENTONCES!"

—Adiós, Tierra, los SERES SUPREMOS me esperan.

BIENVENIDO AL "UNIVERSOUNO" DE LOS SERES SUPREMOS.

El viaje desde la Tierra duró el equivalente a 10 años terrestres.

Cuando el monitor nos avisó que habíamos llegado, me sentí muy bien, aunque con una curiosidad y un estado de alerta que jamás había experimentado.

Todavía no entendía lo que estaba viviendo. Había llegado al mundo del más allá, algo casi inalcanzable para la raza humana, y solo podía pensar en lo lejos que estaba de mis hijos, de Gelsomina y Zampanò.

No tenía la menor duda, por lo corto que me había parecido el traslado y porque sabía que la nave espacial alcanzaba una velocidad no conocida en la Tierra, que estaba en otra dimensión en donde no existían ni espacio ni tiempo, cosa que yo había experimentado cuando estaba con mis acompañantes Roxlendi.

Al levantarme de la cápsula-asiento que me había permitido realizar el viaje, el monitor nos informó que, para que no hubiera dudas sobre cómo serían nuestras conexiones con la Tierra, nos llevarían al equivalente de lo que en la Tierra llamamos "enciclopedia" y esa experiencia eliminaría todas nuestras dudas.

Una vez desembarcados, pero sin poder ver cómo era ese mundo de los seres supremos, entramos a un edificio adyacente llevados por lo que llamaríamos una alfombra voladora y fuimos divididos de acuerdo a nuestro lugar de origen.

Me reuní con mi amigo Pedro, pero en seguida nos dimos cuenta de que no podíamos comunicarnos entre nosotros ni con ningún terrestre. Desde donde estábamos, solo podíamos ver miles de cuartos pequeños. Una voz envolvente nos explicó que estábamos en el UniversoUno, y que ese era el nombre que los seres supremos le habían puesto al lugar donde habían decidido reunir a los seres que podrían serles útiles para manejar el universo. En cada uno de los cuartos que podíamos ver, cada ser invitado a venir a este UniversoUno tenía la oportunidad de ver como en una súper filmación digital todo lo relacionado a su vida, desde el momento de su nacimiento.

—Los recién llegados —continuó la voz, luego de una pausa— tienen como única preocupación la de estar desconectados para siempre de los mundos de dónde vienen y la única solución lógica era que nosotros les suministráramos la paz mental necesaria para aclimatarse a este gran cambio. La próxima vez que entren a este lugar, estarán programados para que nuestra súper tecnología les satisfaga toda duda o deseo.

"Estamos tan avanzados —siguió explicando—, que podemos tener billones de recuerdos registrados y almacenados. Cada ser que nace en el sistema solar es grabado en un formato especial, como si fuese una grabación 'en vivo'. Al reproducirlo, lo verán como si cada instante de lo grabado ocurriera por primera vez, y todos esos recuerdos estarán acompañados con la música que estaba de moda en su momento."

"Además, ustedes podrán ver a todos los artistas que han conocido en su vida y lo mismo sucederá con los eventos deportivos que prefieran."

"Por cientos de miles de años hemos estado grabando todo lo que se ha creado en el sistema solar. Podrán ver el nacimiento de todos los líderes religiosos, la extinción de los dinosaurios, las grandes catástrofes, las grandes guerras en la Tierra, por citar algunos ejemplos."

"Este lugar, aparte de ser algo que podríamos llamar una completa enciclopedia del Universo para las diferentes especies que lo habitan, está destinado a ser la escuela de aprendizaje para cuando ustedes sean enviados a visitar esos mundos."

"En nuestro UniversoUno no hay ningún tipo de magia ni hay monstruos que los esperen. Nuestros maestros descubrieron una forma de energía muy sofisticada y esa es la clave de nuestra existencia. La luz del Sol no llega hasta nosotros: estamos a una enorme distancia de lo que ustedes conocen como sistema solar, no tenemos amaneceres ni atardeceres, nuestra luz es muy tenue, pero nunca tenemos tinieblas."

"Aquí no hay tormentas de ningún tipo ni cambio de estaciones. Todo esto hace que vivamos de una forma aparentemente muy simple, que ha sido el producto de billones de años de experimentaciones. —De pronto, la voz se volvió más amable y agregó—: Ha sido un placer encontrarlos, yo soy el encargado de recibir a los seres terrestres y hago esto desde hace más de cien mil años terrestres."

En ese momento, pude volver a comunicarme con Pedro y comentamos lo interesante que sería nuestra experiencia, especialmente si nuestra amistad de 70 años terrestres ahora iba a ser una para toda la "eternidad" —palabra inconcebible para dos amigos que vivieron toda la vita terrestre sabiendo que eran mortales—.

Horas después, la voz se sintió nuevamente en mi cuarto, anunciando que la cortina del escenario de la nueva vida se estaba por abrir y que en poco tiempo nos indicaría a dónde ir.

Aproveché el tiempo que me quedaba para buscar a Pedro; todo era nuevo para mí, y estar con mi mejor amigo me ayudaba. Habíamos empezado a conversar con otro humano que parecía un poco 'perdido' cuando la voz nos dio las instrucciones para ir al salón que nos correspondía. Al entrar, pude contar que allí éramos solo 30 humanos, no había seres de otras proveniencias.

Pedro estaba admirado y me comentó que le parecía estar en un hotel de súper lujo donde lo materiales y las luces eran 'de otro mundo'.

Nos sentamos. Todos lucíamos jóvenes, como en nuestros veintes. El silencio era absoluto porque el gran momento había llegado.

—Les voy a mostrar el proceso al cual van a estar sometidos ustedes, los humanos, para poder integrarse definitivamente a nuestras fuerzas —dijo la voz suavemente—. Cierren los ojos, que vamos a activar su imaginación.

Al cerrar los ojos, empecé a ver todo lo que me esperaba, pero como si estuviese sedado. Todo me parecía normal y sentía ganas de hacer la transformación. Una paz increíble hizo que me relajara.

Al salir del salón todos parecíamos muy alegres, como si hubiésemos tomado mucho champagne, y Pedro, muy contento, expresó lo asombrado que estaba con la manera en que los seres supremos transmitían sus mensajes.

Volvimos a nuestros cuartos con paso rápido. Una vez solos, con Pedro empezamos a fantasear sobre la forma en que actuaríamos una vez que nuestro cuerpo hubiera realizado los cambios que íbamos a recibir.

Por mi parte, le conté que —tal como me habían explicado los microbios cuando me tocó morir— el que los humanos tuviéramos que ir al baño tantas veces al día era un castigo que sufríamos durante nuestra vida en la Tierra, mientras que ahora —con una cirugía muy simple— comeríamos alimentos que serían asimilados por el cuerpo sin crear residuos. Por otra parte, debido al clima estable, el agua a ingerir sería la justa para que no hubiese que eliminar parte de ella. Por ende, nuestra vida sería mucho más fácil.

En ese momento, lo que me tenía intrigado era una especie de sobre todo formado por círculos de vidrio que tendríamos de usar cuando fuéramos a visitar lugares más allá del UniversoUno. Nos habían dicho que nos serían muy útiles, tanto con el idioma como las temperaturas.

La voz volvió para informarnos que en unos minutos saldríamos hacia el hospital donde harían los cambios a nuestros cuerpos, pero que iríamos a través de unos subterráneos porque todavía no estábamos autorizados para ver el mundo del UniversoUno.

Llegamos al hospital y se podía ver que era algo jamás imaginado por mente humana alguna. Todos los doctores y enfermeras lucían exactamente como nosotros, o sea, jóvenes y con caras de muy inteligentes que inspiraban mucha confianza. Tres de ellos nos explicaron el proceso.

—La parte de cirugía —dijo uno de los doctores— consiste en eliminar el intestino y otros órganos del aparato digestivo y lo mismo haremos con las vías urinarias y reproductivas. En su lugar implantaremos órganos de materiales no conocidos por el hombre, que permiten absorber comida y líquidos sin que sea necesario eliminar algo de lo ingerido. Es un avance que hemos logrado hace millones de años.

"Esta intervención será realizada por los mismos robots que han realizado esta operación a todos los terrestres que hemos recibido. No van a necesitar ningún tipo de anestesia, no van a sentir dolor alguno y en pocos minutos estarán comiendo algo muy sabroso que nuestro UniversoUno ofrece."

—Cada mes y de acuerdo a un examen de la necesidad de calorías que cada uno de ustedes va a usar diariamente —intervino otro de los doctores—, les entregaremos su pedido de alimentos, agua incluida. Los sabores son realmente muy buenos y, una vez que los conozcan, harán el pedido de acuerdo a las preferencias palatales de cada uno.

"Les aclaro" —dijo, como si pudiera leernos la mente— "que, desde el comienzo de los seres humanos en la Tierra, hemos estado procesando su comida de acuerdo a la evolución que ustedes han tenido en el arte culinario."

—Los humanos aquí son treinta y están divididos en partes iguales entre hombres y mujeres —explicó un tercer doctor—. Cuando conozcan su destino final, que está en el UniversoUno de los seres supremos, se van a dar cuenta de que —al igual que los Roxlendi— no podrán reproducirse ni amarse como lo hacen en la Tierra. Al vivir juntos, aprenderán el respeto recíproco y formarán grupos que ayudarán otros mundos, de acuerdo a la experiencia que hayan adquirido a lo largo de su vida en la Tierra.

"Cuando les devolvamos, a través de sus cajas de energía, todo lo que aprendieron como seres humanos, entenderán cómo y dónde los vamos a necesitar para que se unan a los que ya están aquí para manejar el Universo entero.

"Nuestros ingenieros han creado el universo que ustedes conocen —continuó— sabiendo qué era la energía. Crearon el Sol, que poco a poco fue encendiéndose y contribuyendo a la creación de la vida junto con el agua. Ellos, al vivir eternamente, tienen la ventaja de poder seguir el desarrollo del sistema solar desde el principio hasta el momento en que llegue su fin, cuando se agote la energía del Sol."

—Los humanos, por el contrario, están desarrollando sus conocimientos en el sistema solar y, a la misma vez, están llenando el espacio que envuelve a la Tierra de satélites que les dan información. Sin embargo, una vez que terminan su ciclo, los definen como 'basura' —se lamentó—. Pero todo esto fue creado para estudiar lo que podría suceder a nuestro UniversoUno, porque este fue creado por los seres supremos.

En ese momento, Pedro me dijo calladamente: "Entonces este es otro universo creado por los seres supremos, porque si tienen preocupación de que algo les pase no es un destino final para nosotros". Casi sin pensarlo, le contesté: "Verás que, a la larga, en la Tierra, nosotros y los Roxlendi somos los conejitos de india para su futura protección y creo que esta, nuestra segunda experiencia, va a ser muy interesante".

Mientras caminábamos, uno de los doctores nos comunicó que nos dirigíamos a saborear por primera vez nuestra nueva comida y que él nos acompañaría.

Seguimos caminando hacia otro edificio cercano, donde nos esperaban varias estaciones con comida, manejadas por jóvenes chefs que, con mucho detalle, nos explicaron qué eran las diferentes comidas.

Pedro y yo coincidimos que, de no ser por la tecnología, no había mucha diferencia con los brunch que teníamos en la Tierra, al menos la presentación era la misma.

Después de haber escuchado con mucha atención todo lo que nos explicaron sobre los sabores disponibles y las materias primas con que habían elaborado los alimentos, yo me aventuré a saborearlos.

En la Tierra, mi alimentación era muy simple, con muchos vegetales y granos orgánicos y no sabía con qué comenzar. Para mi sorpresa, una mujer joven se me acercó, me dijo que sabía cómo habían sido mis preferencias terrestres y me indicó algunos platos, explicándome que allí no había comidas no saludables, ya que nuestro organismo ahora funcionaba de una manera diferente. Tampoco había comidas que se pudieran dañar por la temperatura ni bacterias que las pudieran infectar, todo en el UniversoUno era bacteriológicamente puro.

Todo lo que nosotros, los terrestres, teníamos que hacer era solicitar las comidas a una máquina que nos daría, a diario o semanalmente, lo que necesitábamos. Con el nuevo aparato digestivo no tendríamos sensación de hambre o necesidad de comer y lo mismo sucedería con la bebida, así que podríamos elegir qué tomar más libremente y de acuerdo a nuestros gustos.

—Como verán más adelante —dijo de pronto la joven mujer, alzando la voz para que todos la escucháramos—, los seres supremos se ocupan de que todo lo que les sucede a los humanos sirva para que este UniversoUno sea cada vez más perfecto. Ustedes y los Roxlendi fueron y son sus conejitos de India.

"Todos los humanos que hemos podido unirnos a ellos —continuó—hemos mantenido el cuerpo que teníamos cuando éramos jóvenes, con un peso perfecto y un aspecto muy agradable. Yo, por ejemplo, luzco muy bien, pero estoy aquí hace miles de años terrestres.

Luego de un breve silencio, continuó explicando:

—Pasamos de tener cuerpos con problemas físicos y mentales constantes a tener cuerpos perfectos tanto física como mentalmente. Eso es lo que hace que sea un verdadero placer vivir eternamente.

Una vez terminada la experiencia gastronómica, volvimos a nuestro "hotel" y por primera vez pudimos socializar libremente entre los treinta nuevos llegados. Después de un buen rato, Pedro me hizo ver que, si bien todas las "chicas" eran espectaculares, uno sentía por ellas un amor y una admiración puros, cosa que jamás sucedía en la Tierra. "Seguramente, agregó, los seres supremos han ensayado esto basados en la experiencia con los Roxlendi y ahora saben cómo reproducirlo con nosotros".

La voz familiar que tantas veces habíamos escuchado desde nuestra llegada nos dijo:

—Es muy bueno que los humanos recién llegados de este grupo se familiaricen entre sí, porque los treinta tendrán que separarse en grupos de seis que ustedes mismos ayudarán a elegir. Por lo tanto, vayan al edificio que por ahora llamaremos 'Enciclopedia' y allí podrán ver las experiencias por las cuales han sido seleccionados para esta segunda vida. Los miembros de los grupos tendrán que ser afines entre sí; o sea, que sus experiencias terrestres deberán haber sido similares.

Una vez llegados a Enciclopedia, los treinta nos sentamos en una especie de anfiteatro griego cuya decoración era realmente de otro mundo. Si bien era una copia de lo que aprendimos en la escuela sobre cómo los griegos se divertían una vez sentados en la fría piedra, aquí la piedra se convertía en una butaca metálica con un casco tipo peluquería de mujeres, pero construido enteramente de cables parecidos a nuestro acero, que emitían unos colores desconocidos para nosotros, una vez que eran colocados sobre la cabeza.

Pedro, que estaba a mi lado visiblemente emocionado con lo que estaba sucediendo, me indicó con su dedo que mirara hacia donde había cinco mesas con seis asientos vacíos y un asiento ocupado por alguien que seguramente iba a ser el líder de cada equipo de seis personas.

Una vez que tuvimos los cascos en nuestras cabezas, nuestros cerebros empezaron a entregar la información de nuestras vidas a nuestros líderes de mesa. Y, en lo que podría definirse como "minutos del tiempo terrestre", en las distintas mesas iban apareciendo sentados unos dobles de aquellos que eran seleccionados para formar cada grupo; o sea, tecnología total y absoluta. Una vez que los treinta dobles ocuparon nuestros lugares en los distintos grupos, nuestros líderes nos dieron la bienvenida, explicándonos que los seis éramos muy compatibles. En nuestro caso, el líder agregó que el nuestro era un equipo excelente, especialmente porque Pedro y yo nos conocíamos de toda nuestra vida terrestre y de todo el comienzo de esta vida nueva, algo que normalmente no sucedía.

Cuando terminó la bienvenida y a medida que nos íbamos sentando, lo que antes veíamos como nuestros dobles se esfumaban y nuestro líder empezó a darnos su introducción.

—Muy pronto van a conocer lo que es el UniversoUno en el que ahora viven; pero, por sobre todas las cosas, van a entender por qué los seres supremos necesitan dejar que los ayudemos a manejar este complicado UniversoUno que controla el sistema solar. Pero hay más, los equipos de terrícolas que fueron seleccionados por nuestras supercomputadoras en la Tierra, además de todo lo que nos han demostrado con la ayuda dada a los Roxlendi, confirman que lo más importante que tiene la raza humana es la imaginación, cosa que no existe en el resto de los habitantes del sistema solar.

"El mensaje que recibimos de los seres supremos es que los únicos habitantes del universo parecidos a ellos somos nosotros, los humanos."

"Ahora, por favor, digan sus nombres…

"Paloma L.", "Amadeus Z.", Suzanne J., "Federico P.", "Pedro S.", "John T.", respondimos.

—De ahora en adelante —dijo nuestro líder— ustedes entrarán en el sistema con letras y números, y este es el ejemplo para Paloma: PL1(6) H140; o sea, las iniciales de su nombre más '1' por ser mujer, '(6)' por el número de mesa que originó todo y 'H140' es un código más.

"Con estos códigos, ustedes podrán ir a la Enciclopedia para entretenerse mirando todo lo que les podemos ofrecer, como ya les explicamos cuando llegaron.

*****

En mi pantalla apareció el globo terrestre, ¡espectacular!… Pero la sorpresa mayor fue cuando, al acercarme más y más a la superficie, empecé a ver a mis hijos que en ese momento estaban juntos almorzando en una pizzería. Fredy estaba hablando sobre una nueva tecnología en el iPad, relacionada a la inteligencia artificial.

Lo curioso de esa experiencia fue que, en un determinado momento en que yo estaba muy concentrado en ellos, mi hija Paola le dijo a Fredy:

—Siento algo muy extraño en mi cerebro, nunca sentí algo así en mi vida…

—No te preocupes —le contestó Fredy—, no estás enferma, yo siento lo mismo. Este tiene que ser el primer mensaje que nos manda el daddy…

Y, cuando ambos empezaron a llorar, le pregunté a nuestro líder:

—¿Puedo mandarle una rosa roja a cada uno?

—Te voy a conectar con Gelsomina —me respondió—: explícale lo que quieres.

Y así fue como volví a ver a mi adorada Gelsomina, la cual, visiblemente emocionada, me dijo:

—He dejado en los autos de tus hijos una rosa roja, la misma que pusimos en sus casas.

—Gracias, Gelsomina —le contesté profundamente agradecido—, y recuerda que en cuanto me integre a este UniversoUno voy a tratar de que tú seas la primera Roxlendi en venir aquí.

Mi líder, que había presenciado todo, me dijo:

—¡¿Te imaginas la sorpresa que se van a llevar tus hijos?!

Mientras esto sucedía conmigo, los otros 29 humanos estaban pasando por experiencias similares. Cuando miré a Pedro me emocionó ver lo contento que estaba porque había podido dejarle una foto vestido de comodoro a cada uno de sus hijos.

Todo eso era otro despliegue de tecnología impresionante que nos dieron a los recién llegados, porque hacer eso para treinta seres al mismo tiempo, no es cosa de poco.

Estaba por acercarme a Pedro, cuando volvimos a escuchar la voz.

—Después de lo que vamos a hacer ahora, finalmente ustedes podrán conocer cómo es el UniversoUno…

De pronto, se abrió una puerta para llevarnos a un túnel totalmente transparente, en el cual cada pocos metros se prendían luces de diferentes intensidades y colores.

Mientras los treinta caminábamos hacia el final del túnel, la voz nos decía a qué distancia teníamos que estar los unos de los otros.

Y mientras todo esto ocurría, yo pensaba, con gran curiosidad, qué le estarían haciendo a nuestros cuerpos…

.

*****

Al final de aquel túnel magnifico por su coreografía multicolor, nos encontramos en una plataforma sin ventanas, algo así como un elevador bastante grande, y la voz se hizo sentir nuevamente.

—Tienen que posicionarse en el centro de cada círculo que hay dibujado en el pavimento, porque les haremos conocer el UniversoUno, subiremos a una altura desde la cual podrán apreciar cómo y por qué fue creado de esta manera.

Apenas la voz terminó de hablar, todos comenzamos a flotar en el aire y a una altura desde la que podíamos apreciar cómo era el UniversoUno.

Pedro, que estaba al lado mío, me dijo: "Seguramente, al pasar por ese túnel nos sacaron la sensación de vértigo, porque de otra manera ninguno de nosotros podría estar flotando a esta enorme distancia sin sentirse mal".

Y la voz nuevamente explicó:

—Como habrán visto, el UniversoUno no es redondo como la Tierra: es plano, es una masa plana larga de billones de millas terrestres, con un ancho que es exactamente la mitad de su largo.

"Tal como lo han experimentado en la Tierra, después de muertos, aquí existe la tecnología para trasladar lo que queramos, en milésimas de fracciones de segundos humanos, a distancias imposibles de imaginar para la mente humana."

En ese momento, Pedro me hizo notar cómo todo el UniversoUno era del mismo color tenue azulado sin nubes ni viento.

—Muy buena observación, Pedro —dijo la voz—. Recuerden que nosotros estamos afuera del sistema solar, por lo tanto, el Sol no nos ilumina y nuestra luz muy tenue nos hace sentir como si escucháramos una melodía muy suave en un lugar de penumbra en la Tierra. Para vivir eternamente, las condiciones tienen que ser óptimas en todo sentido —agregó.

—¿Las otras civilizaciones que habitan el UniversoUno tienen los mismos problemas de adaptación que los terrestres? —preguntó Pedro.

—Algunas civilizaciones sí y otras no —respondió la voz—. Cuando les llegue el momento de estudiarlas verán que todo encaja perfectamente. Pero ninguna raza coexiste con otras, porque las órdenes de los seres supremos son que, debido a la inmensidad de este UniversoUno, demos privacidad a cada raza y a sus costumbres.

"Ahora —dijo la voz, dirigiéndose a todos—, lo primero que van a conocer es el inmenso agujero que hay en el centro de este

UniversoUno. Por él entran y salen todos los productos y todas las naves espaciales…"

En un abrir y cerrar de ojos, ahí estábamos, sentados en un lugar donde podíamos presenciar algo realmente muy interesante.

–Las naves espaciales que pueden ver —explicó la voz— y que se parecen a las mantarrayas marinas que ustedes conocen, son las mismas en las que ustedes han llegado hasta aquí. Con nuestra tecnología, pueden desaparecer y realmente no estar en ningún tiempo ni espacio. Podemos mandar lo que queramos a la Tierra en un abrir y cerrar de ojos.

"Presten atención" —continuó—, "porque los hemos traído hasta aquí para que conozcan cómo se llega a este UniversoUno. Todo llega de abajo hacia arriba y se va de arriba hacia abajo. Eso es así para concentrar este tipo de energía en un solo lugar."

"Ahora, de aquí nos iremos a ver dónde se concentra todo, algo parecido a lo que ustedes llaman 'aeropuerto'."

Y, efectivamente, de pronto nos encontramos suspendidos sobre ese enorme agujero, de tal manera que pudimos ver un aeropuerto enorme.

—Todos ustedes han sido huéspedes de los espirales que nos conectaron estando todavía en la Tierra —dijo la voz.

En cuanto escuché la palabra 'espirales', vino a mi mente un nombre… ¡Benvenuto! Benvenuto era el nombre que yo le había puesto al enviado de los seres supremos que me había acompañado en el comienzo de esta nueva etapa de mi vida, y recordé que él me había dicho que había sido mi amigo cuando vivía en la Tierra.

—¿Dónde está el enviado de ustedes que me acompañó en algunas de mis misiones para ustedes en la Tierra?

—Ten paciencia —me dijo la voz—, dentro de poco todos ustedes van a conocer a los enviados que los han acompañado durante sus misiones.

—Gracias, voz —contesté.

Seguimos mirando todas las instalaciones imponentes de la zona del aeropuerto. Comparado con los de la Tierra, se veía que todo el concepto había cambiado de tal manera que el jefe del aeropuerto Kennedy de N.Y. no entendería nada de lo que sucedía aquí.

—¿A dónde van los aviones que están en esta parte del aeropuerto? —preguntó una de las mujeres.

—Van a todo el sistema solar —respondió la voz—. Están programados solo para eso. Son máquinas que vuelan solamente en este UniversoUno y la propulsión es totalmente diferente. En todo el UniversoUno tenemos varias capas de aire que además de mantener una temperatura y calidad de aire perfectas a medida que nos alejamos de nuestra superficie, hacen funcionar los motores de estos aviones cada vez más rápido a medida que aumenta su altura. Es otra tecnología a la cual ustedes, recién llegados, van a tener que acostumbrarse; especialmente los que fueron pilotos en la Tierra y que terminarán haciendo lo mismo aquí.

Entramos a una de esas máquinas sin ventanas y con asientos solamente en el centro de la cabina. En ambos costados, el espacio estaba reservado para transportar comida. Conté 250 asientos…

—Ahora los vamos a llevar a dar un paseo —anunció la voz—. Vayan tomando asiento y prendan el monitor que hay en el respaldo del asiento de adelante, así podrán ver todo nuestro viaje. El capitán les explicará todo lo que va a suceder mientras reciben la comida de manos de alguien que será una gran sorpresa.

Pedro, que estaba detrás de mí, me dijo: "Esto va a ser muy interesante, vamos a tener azafata, espero que sea una 'chica' muy linda… y, finalmente, vamos a ver el UniversoUno desde la altura. Tengo curiosidad por dónde dirá este capitán que vamos, y otra curiosidad que siento es saber qué ha sido el capitán en la Tierra".

En los asientos no había cinturones de seguridad. Le comenté eso a Pedro y me contestó: "Espera y vamos a ver qué aparato nos va a tener apretados en el asiento".

—Bienvenidos a este nuevo mundo y a su aeronáutica —nos interrumpió la voz del capitán—. Yo soy uno de los pioneros, junto a mi hermano, del primer vuelo en la Tierra. Al igual que ustedes, fui seleccionado para venir a compartir este UniversoUno; mi hermano, en cambio, vino a reunirse conmigo tres décadas más tarde.

Tiene que ser uno de los hermanos Wright —me dijo Pedro—. Mi padre siempre me hacía cuentos sobre ellos y tenía muchas películas en blanco y negro de sus primeros vuelos…

Pedro no había terminado de decir eso cuando se abrió la puerta de la cabina y apareció una persona joven, de pelo negro, pero a la que ya le faltaban pelos en la frente y vino hacia nosotros. Dirigiéndose a Pedro le dijo:

—La voz me dijo que tú, desde muy joven, veías nuestros intentos de volar, gracias a tu padre que era un fanático nuestro.

Pedro, visiblemente emocionado, le contestó:

—Efectivamente, él los tenía como sinónimo de perseverancia para lograr cosas.

El capitán le dio una palmada en la espalda y volvió a la cabina.

Casi enseguida, aparecieron cinco chicas. Todas llevaban el cilindro transparente que los humanos tendríamos que usar si visitáramos diferentes planetas en el sistema solar.

—¿Cuál de estas chicas te gusta? —le pregunté a Pedro.

Cada chica tenía un letrerito con el lugar de donde provenía y, detrás de la transparencia del cilindro que las vestía, se veía su forma original…

La más insólita era la que decía "Sun": lucía como una llama que no se apagaba nunca y hablaba en perfecto inglés. ¡Realmente impresionante!

"Galaxia M74" decía otra, y su interior era una compacta nube blanca. Al alcanzarle la comida a Pedro, le dijo "buen provecho" en español.

La que me trajo mi comida, tenía una identificación que decía "Helix Nébula" y era como una nube verdosa. En italiano, me dijo "buen apetito".

Las otras dos estaban en la parte atrás de la nave y solamente las pude ver de muy lejos. Los treinta humanos comimos… ¡y empezamos a volar!

Al mismo tiempo, se encendió el monitor y empecé a ver lo que sucedía debajo de la nave, porque así estaba programado. El capitán nos explicó que su nave no usaba el combustible convencional de la Tierra, sino que usaba el aire que hay en la atmósfera. En definitiva, era el proceso que la voz ya nos había explicado.

Al despegar, habíamos visto que la nave volaba muy bajo, pero no sabíamos adónde iríamos. Bastante tiempo después de haber dejado el aeropuerto, solo veíamos jardines, plantas y mucha vegetación; pero, como cosa curiosa, en la superficie no se veía ningún tipo de animal.

Poco después, la voz nos comunicó que muy pronto veríamos donde vivían los chinos. En nuestra pantalla apareció una inmensa ciudad china y luego otra, y otra y así sucesivamente se alternaban inmensos jardines con ciudades donde los habitantes representaban cada vida que existía en el sistema solar, viviendo en armonía entre ellos, menos con los habitantes de la Tierra, porque no eran compatibles con los humanos.

—Los humanos no tienen la armonía con que los seres supremos dotaron a la creación. Pero los humanos, con su imaginación e inteligencia, han sobrepasado todos los límites impuestos por sus creadores y es por eso que aquí, en el UniversoUno, los humanos viven alejados del resto.

"Los seres supremos les entregaron a los humanos una casa jardín que habían creado seis mil millones de años antes de ponerlos en la Tierra… y en pocos millones de años en la Tierra, los humanos terminaron destruyendo la naturaleza y sus habitantes animales. Sin embargo, la naturaleza no perdona a los habitantes que han olvidado la palabra 'armonía' y por eso han recibido a cambio toda clase de castigos y problemas."

"A los humanos que han pasado a ser integrantes de este UniversoUno les hemos dado otra oportunidad: van a tener que aprender a respetar a los que consideran inferiores o menos inteligentes."

Al escuchar lo que había dicho la voz, todos nosotros en esta nave casi tuvimos un paro cardiaco… ¡¿Sería posible que nosotros, los seres humanos, fuéramos lo peor del sistema solar?!

—Yo he pasado a través de lo que están experimentando ustedes —dijo el capitán a través del micrófono—… Es algo muy serio lo que nuestro planeta sufre a manos de sus habitantes que, de no ser por grupos de personas que reclaman el respeto al planeta, harían todo siguiendo los intereses económicos individuales y de grandes empresas a los que hacen prevalecer sobre toda lógica.

Finalmente aterrizamos y nos llevaron a una especie de anfiteatro griego que estaba al borde o al final del UniversoUno.

Ver los rostros a los otros terrestres era como ver personas cuando van al patíbulo, todos mostraban una gran decepción.

La voz se escuchó de nuevo.

—Mientras esperamos a que otro líder humano les explique por qué nosotros somos los únicos 'malos' en todo el sistema solar, pueden hablar entre ustedes.

De inmediato, los cinco equipos que formamos a nuestra llegada nos juntamos y cada uno empezó a especular acerca de lo que nos esperaba.

Pedro observó que, si bien habíamos sido elegidos para esta nueva oportunidad, los Roxlendi nunca nos habían mencionado que teníamos un gran pecado en nuestras cabezas; sin embargo, en varias oportunidades nos habían resaltado la suerte que habíamos tenido al ser seleccionados para seguir nuestro viaje.

"Para mí", expliqué a varios de los treinta terrestres, "es mejor estar aquí que haber desaparecido para siempre, especialmente si uno no tiene dolor alguno y si los seres supremos nos tienen reservado algún tipo de castigo, bienvenido sea".

Así, entre los treinta terrestres empezó una acalorada discusión, seguramente programada por nuestros líderes. Para corroborarlo, sentados y sonrientes, ellos aparecieron frente a nosotros y uno comenzó a explicarnos:

—Nosotros, que ya trabajamos en el UniversoUno, hemos pasado por lo que ustedes están sintiendo ahora. No hay castigos para ningún humano que haya llegado aquí. Se trata, simplemente, de que entiendan qué es lo que está destruyendo al planeta Tierra, de ese modo podrán hacer un mejor trabajo aquí.

Otro líder intervino para explicar que nuestro planeta es el único en el sistema solar donde hay vida con una inteligencia que avanza de generación en generación, pero que esa inteligencia dura poco porque cien años terrestres, comparados con en el tiempo del Universo, son el equivalente a un abrir y cerrar de ojos.

—Desde el espacio —continuó el líder— los habitantes que miran la Tierra solamente ven una esfera azul con blanco alrededor, que son las nubes, y un fondo negro que es el Universo. No hay interés en invadir la Tierra porque nosotros no lo permitimos por orden de los seres supremos, quienes ponen mucho celo en dejar incontaminado el proceso de evolución de los terrestres. De todos modos, siempre han tenido 'viajeros que venían del futuro' y, además, en cada generación ha habido reyes, presidentes, dictadores, hombres de ciencia e inventores que eran de los nuestros.

—Aunque les damos mucha tecnología —intervino otro líder— el mayor logro ha sido y es el de conocer muy bien los agujeros negros y los gases de las galaxias. Todos los conocimientos, que son muchos, alcanzados por los grandes telescopios no sirvieron de mucho por las grandes distancias… y el concepto de 'años luz' explica la imposibilidad de más investigaciones que sean útiles para la actual y futura vida humana.

"A todos ustedes, los Roxlendi les han explicado muchas veces que ellos desaparecerán cuando llegue el final de los tiempos. Pues bien, se referían a que el Sol en el futuro o bien se apagará o bien cambiará de órbita moviéndose hacia otra galaxia donde también se va a apagar."

"Luego, tarde o temprano, un agujero negro se va a tragar toda la Vía Láctea y, por supuesto, a la Tierra. La razón por la cual esto va a suceder es la expansión del universo, y esto los astrónomos lo saben muy bien. Del mismo modo los agujeros negros también se expanden y, en un determinado momento, alguno va a tener tanta potencia que se va a tragar a toda la Vía Láctea."

— Pese a todos los esfuerzos que hemos hecho —dijo otro líder—, nunca hemos logrado que los humanos no peleen entre ellos. Les hemos dado más de veinte religiones y varias razas diferentes; ciento cuarenta y cuatro estados y ciento catorce idiomas, pero esto ha empeorado las cosas a tal punto que el odio fue aumentando en forma desproporcionada y varios millones pelean entre sí todos los días, creando una situación imposible de controlar.

Para terminar la reunión, nuestro líder nos dijo:

—Ahora iremos a ver a los jefes encargados de explicar lo que ustedes harán para ayudar en el mantenimiento del UniversoUno.

*****

Nos encontramos en una gran sala y nos sentamos todos formando un círculo perfecto y sentados estábamos quince hombres y quince mujeres.

Del piso subieron cuatro humanos: dos hombres y dos mujeres.

Por su vestimenta se veía que tenían más autoridad que nuestros líderes. Los cuatro eran muy altos y sus caras juveniles los hacía parecer muy inteligentes y autoritarios, eran personas que nos inspiraban total confianza. Las dos mujeres enfrentaron el círculo donde estaban sentadas las mujeres y lo mismo lo hicieron los hombres con el círculo de hombres.

Pedro y yo rápidamente nos miramos, sabíamos que estábamos listos para hacer preguntas, pero antes tendríamos que escuchar su presentación.

Turnándose, empezaron diciendo:

—Todos ustedes saben por qué han sido elegidos para seguir viviendo una segunda vida, ya que los Roxlendi, cuando los encontraron por primera vez, lo explicaron.

—Desde que el sistema solar fue creado por los seres supremos y los humanos fueron puestos a poblar la Tierra, como civilización que sirviera de experimento único en el sistema solar, los representantes de los seres supremos que crearon la Tierra pasaron a ser los antepasados de ustedes. Por lo tanto, ahora ustedes entenderán que los humanos son descendientes directos de los seres supremos.

"Los seres supremos no viven aquí en el UniversoUno. Aunque algunos de los más viejos pobladores de este lugar datan de varios millones de años terrestres, solamente han recibido instrucciones de los seres supremos y nunca los han visto."

"De los seres supremos se sabe solamente que, desde donde ellos habitan, siempre están desarrollando algún tipo de energía que logra dominar los cientos de miles de universos que están en continua expansión."

"Pero la joya creada por ellos es este UniversoUno, que es único en todos los universos existentes y nunca va a ser afectado por nada ni por nadie."

"La Tierra, por su parte, es otro ejemplar único por su belleza y con una naturaleza que ha sido cuidada con detalles fuera de lo común —continuaron explicándonos—, pero los seres humanos nunca la han protegido, llevándola al borde del colapso total, a un deterioro jamás imaginado."

Todas estas informaciones, alternadamente, nos las estaban dando los dos encargados y se dirigían alternadamente a cada uno de nosotros. Aunque ellos no lo dijeron, estas explicaciones ya las conocíamos, así que me imaginé que se trataba de una forma de aclarar por qué, aunque fuimos elegidos para venir a este universo, los seres supremos no consideraban a ningún ser humano libre de culpa.

De todos modos, pienso que los seres supremos alguna equivocación debieron tener para que la Tierra y sus habitantes se les escaparan de las manos. No es posible que ellos, dueños de tanta tecnología y poder, les dieran tanta libertad a los humanos.

De pronto, como si estos "jefes" me estuviesen leyendo la mente, uno de ellos dijo:

—En un momento no muy lejano en el tiempo se decidió abandonar a los humanos y dejarlos manejar su destino de acuerdo a como ellos quisieran; pero esto hizo que todo se les transformara en un verdadero castigo.

"¿Qué será de nuestro planeta?" —continuó diciendo— "Su futuro, va a depender de África, que pronto va a tener el 25% de la población total y que está enfrentando hambre, falta de salud, falta de agua, pobreza y problemas climáticos, por lo cual va a necesitar de las fuerzas políticas, económicas y sociales de muchos países para superar esas enormes dificultades."

"Otra cosa que trae grandes problemas sociales es que el veinte por ciento de la población mundial lo 'posee todo', y esto provoca fenómenos migratorios porque millones ven como la única salida de su pobreza trasladarse a los países ricos."

"Las costas, debido al calentamiento de los polos, van siendo inundadas por el crecimiento de océanos y mares, lo cual lleva a que todos los sectores sociales se vean afectados."

"Otro ejemplo del futuro que le espera a nuestro planeta —continuó diciendo— es la revolución que estamos viviendo y que comprende a casi todas las personas que viven en él. Me refiero al cambio radical en el sistema de comunicaciones, a favor del llamado 'web', que es otro factor importante para que las personas emigren."

"No sabemos cómo usar nuestro tiempo ni en qué tiempo vivimos, porque somos prisioneros del presente. El ejemplo lo dan los jóvenes que se pasan horas usando el celular que aplasta el tiempo, que les coloca afuera de la historia y del futuro. Los jóvenes y adultos que viven de esta manera pierden la perspectiva del mundo alrededor de ellos."

"Ustedes se preguntarán por qué, entonces, los humanos que viven en el UniversoUno no controlan la Tierra. Pues bien, les digo que no es tan fácil por como ahora comemos y bebemos, y por la cantidad de personas que serían necesarias… demasiadas. Lo que sí hacemos es programar humanos desde el nacimiento, para que sirvan al ser traídos aquí."

Aparentemente, la explicación sobre las malas relaciones entre seres supremos y humanos había terminado y esas cuatro personas se retiraron para dar lugar a otro hombre y a otra mujer que seguramente nos explicarían otras cosas de nuestro interés.

El hombre empezó a hablar:

—Llegó el momento de explicarles cómo es la vida que van a encontrar aquí, teniendo en cuenta que todos tenemos vida eterna y, por lo tanto, hay que vivirla en una forma muy entretenida e interesante; pero, por sobre todas las cosas, sin la presión con que se vive en la Tierra.

"Ya les explicaron, durante las pruebas con los Roxlendi, que de pasarlas formarían parte de los que regirían el universo. Eso era correcto porque, de acuerdo a las habilidades y a los conocimientos de cada uno, así serán usados aquí en el UniversoUno, que es realmente algo muy grande."

"Este grupo va a vivir en el mismo lugar donde está alojado ahora y todos serán trasladados a sus lugares de trabajo cada vez que sea necesario, mediante el sistema que ya han experimentado en la Tierra: la invisibilidad que da el no tener ni espacio ni tiempo."

"Podrán viajar a varias galaxias y planetas del sistema solar, para tratar de solucionar problemas que ellos tienen y, otra cosa muy interesante, es que podrán compartir su tiempo con grandes personajes de la historia."

"Ahora — continuó—, "les explicaré qué es la inteligencia artificial."

"Lo que hay en la Tierra es solo el comienzo de esa tecnología que aquí en el UniversoUno existe desde hace millones de años terrestres. Fue a través de ella que pudimos seguir a aquellos que estábamos preparando para manejar el UniversoUno, con ayuda de los encargados de seleccionar personas como ustedes. Y también aquí vamos a poder seguirlos paso a paso, sea cual sea el lugar donde estén en el sistema solar."

En ese momento, no pude menos que comentarle a Pedro:

—¿Te acuerdas cómo, poco a poco, los gobiernos que hacían uso de la inteligencia artificial nos dominaron a su antojo?

—¿No será que aquí, donde la han inventado, nos tendrán completamente dominados por la eternidad? —me respondió Pedro.

No habíamos terminado esta corta y simple conversación, cuando nos encontramos en un cuarto de conferencias en el cual había cuatro ejecutivos, que lucían de unos cuarenta años, vestidos con trajes negros. Uno de ellos tomó la palabra y, dirigiéndose a Pedro y a mí, comenzó diciendo:

—Cada vez que llega un nuevo grupo, siempre hay alguien que interpreta esta venida como una futura esclavitud que durará una eternidad. Nosotros, como pueden ver, somos cuatro que llevamos haciendo este trabajo hace millones de años terrestres y no consideramos que hayamos sido esclavos ni un minuto.

"Cuando la Tierra fue creada, y viendo que el UniversoUno estaba destinado a ser un lugar muy deficiente para vivir por culpa de sus pobladores, los seres supremos decidieron enviar a todos los habitantes indeseables al planeta Tierra."

"Nosotros cuatro tuvimos la idea, aprobada por Ellos, los seres supremos, de crear una nueva raza de seres mecánicos, los Roxlendi, para comparar ambas razas."

"Optamos por no dar a los Roxlendi una inteligencia artificial y, por lo tanto, no hacer de ellos una raza superior; pero, a cambio, les dimos la cualidad de ser una raza muy buena, para nada peleadora y, como nosotros, sin la necesidad de ir al baño."

Pensé que había llegado el momento de preguntar por qué no dejaban venir a ningún Roxlendi a vivir al UniversoUno. La respuesta que me dieron fue totalmente inesperada:

—No hemos traído a ninguno de ellos porque a nadie le ha interesado hasta este momento, ¿acaso tú estarías interesado y por qué?

—Voy a explicarles las razones —respondí—. Mis dos acompañantes, a los cuales puse el nombre de Gelsomina y Zampanò, no necesitan alimentarse, no necesitan reproducirse y no tienen idea de lo que es el amor de los humanos. Ellos, los

Roxlendi, conducen vidas separadas y, sin saberlo, tienen el mismo sueño: serles útiles a los seres supremos.

"De tener permiso, se podrían trasladar aquí por sus propios medios y su evolución milenaria nos ayudaría porque serían los perfectos embajadores entre nosotros y las galaxias, dada su habilidad de transformarse físicamente en lo que ellos quieran aparentar."

—Muy interesante tu sugestión, te aseguro que en breve tiempo volveremos sobre este tema. Nos gusta mucho tu actitud: cuando dices las palabras "a nosotros"… eso nos hace ver que ya te sientes integrado a este tu nuevo mundo y esta idea de utilizar a la civilización de los Roxlendi no se le había ocurrido a ninguno de nuestros "genios".

—Tal vez esa civilización ha sido ignorada por ustedes —intervino Pedro—, pero el tiempo que estuve con ellos me generaron gran admiración y tengo que recalcar el gran respeto y admiración que tienen por los seres supremos. Y, hablando de ellos, ¿pueden explicar algo sobre ellos? Porque desde que escuchamos las dos palabras mágicas, nuestra curiosidad fue aumentando más y más.

Detrás de los cuatro grandes jefes se encendió una pantalla y apareció el título de lo que íbamos a ver: Historias de otros mundos.

En un cielo azulado y lleno de nubes totalmente inmaculadas volaban figuras difíciles de descifrar y que en la Tierra hubiésemos imaginado que eran ángeles. Después de unas danzas muy bien coreografiadas, las figuras entraron en lo que llamaríamos una gruta encapsulada en el centro del universo.

—Aquí es donde viven los seres supremos, pero ninguno de nosotros ha podido entrar en su vivienda, en los miles de millones de años desde que nos han creado. Siempre que llegan nuevos pobladores, como lo son ustedes treinta, tenemos la esperanza de que, a la larga, por lo menos uno logre conocerlos… sin embargo, hasta ahora ha sido una misión imposible.

"Sospechamos que con ellos conviven personajes famosos que los propios seres supremos enviaron a la Tierra para mejorar o empeorar la vida de los humanos. Nunca hemos visto a estos personajes por aquí, pero los hemos seguido en su estadía en la Tierra."

—Resumiendo —les dije—, su UniversoUno se transformó en algo muy feo y algo imposible de vivir eternamente, por lo tanto, a casi todos los mandaron al planeta Tierra. Pero se quedaron con pocos habitantes para manejar este grandísimo UniversoUno.

—Correcto —me respondieron—, pero para poder formarlos a ustedes, futuros habitantes nuestros, y lograr seres que nos sirvan hemos tenido que programarlos, haciendo que muchas generaciones anteriores se junten para que sus padres se casaran. Esto ya se lo explicaron al llegar. No es nada fácil, porque requiere involucrar muchas personas de nuestra parte para traer humanos con habilidades específicas con muchos siglos terrestres de anticipación.

—Ahora comprendo —intervine—, porque siempre me he preguntado cómo yo podía aprender cosas tan diferentes y a su vez tan importantes cada poco tiempo y mis amigos no.

—En tu caso fuiste programado de esa manera por razones muy específicas que veras próximamente, pero la mayoría de los que vienen están programados para hacer solamente una cosa.

"Lo importante de nuestro encuentro es que entiendan que los humanos somos directos y únicos descendientes de los seres supremos que existen en los miles de universos."

"Nosotros, ahora, somos una sociedad perfecta y logramos crearla ya por millones de años. Somos lo opuesto de los humanos que habitan la Tierra, donde muy pocos y con mucha suerte logran vivir cien años llenos de problemas físicos y mentales. ¿Se imaginan lo que sería vivir así para toda la eternidad?"

—Sería imposible —contesté—, cien años ya son muchos.

—Ahora, ustedes treinta serán enviados a las diferentes sesiones por las cuales fueron traídos a ayudarnos. No les aseguro que vuelvan a verse.

Pedro y yo nos miramos con angustia en nuestras caras, pero casi de inmediato me encontré frente a un hombre joven y en un cuarto repleto de cosas extrañas que llamaría "Época de la Piedra". Sin alguna duda, algo grande estaba por suceder.

—Llegó el momento de escribir tu última página —dijo mirándome fijamente a los ojos.

"Antes de que nacieras, con nuestras súper computadoras tuvimos que combinar 18 matrimonios para que al final tus papás se juntaran y se casaran y así tú pudieras nacer. Has sido programado para uno de los trabajos más importantes pedidos por los seres supremos."

Casi al instante, me encontré en un nuevo lugar que parecía un gran almacén. De a poco, el lugar se fue agrandando hasta parecerse a un universo de los de la Vía Láctea.

—Esta es tu nueva oficina, y es una nueva dimensión de la Edad de la Piedra que le hemos dado a la Tierra. Tú serás el que hará que esta era sea construida de la manera correcta, para que el futuro terrestre sea completamente diferente a como fue creado por los habitantes actuales.

—Para empezar, en la nueva Edad de la Piedra te vas a reencontrar con Gelsomina y Zampanò, y en muchos miles de años te reencontrarás con tu amigo Pedro, al que en este mismo momento le están asignando un puesto muy importante en la creación de la 'nueva Tierra'.

"Y no te preocupes por nada, que tus hijos te dieron sepultura en la manera que pediste: sin velorio, de esa forma no molestaste a tus amigos, y tus cenizas descansan debajo de tu banco en el Farito. Graba eso en tu corazón."

Para terminar esta última página, finalmente vine a descubrir algo que nunca hubiese imaginado: que los seres supremos no habitan su UniversoUno porque están en otro lugar y nadie sabe dónde.

Volví a preguntarme la misma cosa que hice durante toda mi vida terrestre: ¿dónde está Dios? Pero ahora también me pregunto: ¿dónde están los seres supremos?

Mi imaginación de terrestre visualiza que viven en una enorme pradera verde donde nacen las esperanzas y es el lugar del amor donde nadie traiciona o desilusiona, porque ellos solo te pedirán que creas en los valores con que cada ser humano ha nacido, en el amor y el respeto, ayudándose uno al otro para formar una cadena de comprensión y empatía que ayuda a alcanzar lo máximo en cada ser humano.

Cuantas veces he llorado pensando que en la Tierra se vive una sola vez, pero ellos me han dado una segunda oportunidad devolviéndome tantas esperanzas en este UniversoUno lleno de amor, que me permite estar un paso más cerca de los seres supremos, tal vez con mis hijos.

¿No será que la Tierra para mí fue el Infierno por los dolores que tuve, este UniversoUno es el Purgatorio y donde Ellos están es el Paraíso?

Tal vez logre llegar a ellos, pero por ahora…

...el paraíso me tiene que esperar y, mientras mi nueva oficina se iba agrandando a dimensiones indescriptibles, yo cada vez más me iba sintiendo el dueño del mundo, una especie de Superman circunvalando la Tierra en esta nueva dimensión.

¡Una nueva página de mi aventura con los Seres Supremos esta por empezar!

FIN

Este cielo es lo último que vi antes de ir al UniversoUno.

www.ingramcontent.com/pod-product-compliance
Lightning Source LLC
Chambersburg PA
CBHW071535150726
48000CB00002B/801